# 本田小狼與我

Super Cub
TONE KOKEN
Illustration：HIRO

2

トネ・コーケン
插畫：博

Kadokawa Fantastic Novels

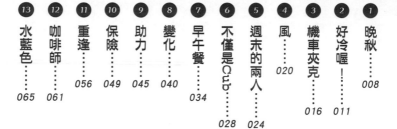

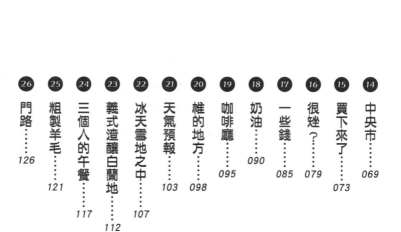

Super Cub

contents

Super Cub
HONDA

# 1 晚秋

高中教育旅行結束後好一段時間，小熊度過了一成不變的日子。

騎乘Cub追趕沒能搭上的教育旅行巴士——這個對小熊而言算是一段小小冒險的時光，如今感覺也如夢似幻一般。

在一如往常的時間醒來的小熊打開了收音機，脫下T恤和短褲後走進整體浴室，沖著夏天期間固定會洗的冷水澡。出乎意料的冰冷讓小熊不禁想把手伸向熱水那邊的水龍頭，不過她停下了手，繼續淋著冷水。

小熊迅速地吹乾不怎麼需要花時間弄乾的中長髮，穿上內衣褲與制服。而後她幫未烤過的吐司塗上奶油，再以熱水沖泡加了糖的即溶咖啡，做了一杯咖啡和牛奶各半的咖啡歐蕾。

吐司配上溫暖的咖啡歐蕾，還有禮子送的青蘋果——吃完平常的早餐後站起身的小熊，拿著裝有教科書的帆布製一日背包走向玄關。

小熊拿起擱在鞋櫃上的卡西歐電子錶，還有把機車、公寓鑰匙以登山扣環整理成一串的鑰匙圈。她原本想伸手拿取掛在玄關一旁的機車夾克，但看見自己所穿的秋冬制服西裝上衣，心想「這樣子就夠了」，同時把籃球布鞋從鞋櫃中取出。

綁好鞋帶的小熊，抓起放在玄關旁的安全帽及皮革手套，然後打開了門。

小熊到停車場去，先是解除了Cub的鋼絲鎖，進行簡單的輪胎及機油檢查後，再推起腳踏啟動桿，踩下去發動引擎。這幾天踩一次發不動的情形變多了。

今天早上，Cub的引擎也發出了可悲的聲音拒絕啟動。小熊碰觸著位在轉向把手左側，天冷時發車用的阻風門拉桿。在拉起拉桿前，她再度踩了一次Cub的啟動桿。

引擎又呈現出不願啟動的徵兆。不過小熊像是一把抓起機車胸口，勒住它領口似的稍稍轉動了節流閥把手後，一瞬間燃燒不穩定的引擎安然無恙地啟動了。

車子彷彿像要蒙混過先前難以發動的狀況一般，展現出順暢的空轉。對此點了點頭的小熊，穿戴上帽子和手套，讓Cub起步。

從日野春車站附近的公寓騎到七里岩那座九彎十八拐的坡道後，小熊提升了速度。南阿爾卑斯的風隨即從西裝外套的領口灌了進來，毫不客氣地由前胸吹過後背。

儘管冷風颼颼，目前仍是秋天。
就連Cub也在說，現在還不是冬天。

# 2 好冷喔！

初次騎著Cub跑這段通學道路，是什麼時候的事呢——當時騎到學校這段路程，感覺比腳踏車或徒步要來得遠。

而今，這段距離實在不足以令Cub的引擎、懸吊系統還有小熊本人暖身。

通學必經的縣道與國道二十號線交叉的牧原十字路口，幾乎位在家裡和學校的中間位置。明明只要筆直前進就能到學校，小熊如今依然會在此受到誘惑驅使，想說要不要右轉或左轉騎到別的地方去。

小熊就讀的高中，位於靠近舊武川村的中心位置。從自家騎了將近十分鐘之後，進入學校停車場的小熊，抖了個身子才從車子下來。她把視線投向儘管一如往常無聊，卻因溫暖的空調而感覺比往常好上幾分的教室。

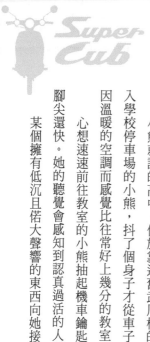

心想速速前往教室的小熊抽起機車鑰匙，耳朵有所動作的速度卻比試圖邁步而行的腳尖還快。她的聽覺會感知到認真過活的人所忌諱的聲音。

某個擁有低沉且偌大聲響的東西向她接近而來。下一刻，鮮紅的第二種輕機稍稍發出輪胎摩擦聲，同時滑向小熊的Cub旁邊。

那是小熊的同班同學。騎乘CT一一〇Hunter Cub的禮子，望著小熊的臉說：

「好冷喔！」

禮子滿不在乎地說出了小熊從早上就避免提起的話語。她彎下了修長的身軀，從Hunter Cub上頭下來。

這輛本田公司將Super Cub改良成全地形對應款的機車——Hunter Cub，是禮子在短短數星期前買來的。儘管它已停產一陣子，卻奇蹟似的留下了一輛庫存新車。買下它之後，禮子隨即替換了包含排氣管在內的各種零件。

脫下那頂白底配上黃色帽舌的越野全罩式安全帽，禮子撩起流瀉而下的黑色長髮。她手上拿著和這副引人注目的容貌有些不相襯的東西。

那是裝在冒出蒸騰熱氣的紙袋裡的包子。禮子獨居的別墅位在小熊公寓的反方向，兩人和學校的間距幾乎相等。相對於沒有賴床習慣，會在家中吃完早飯才出門的小熊，禮子經常會騎著Hunter Cub奔馳在通往學校的路上，同時一隻手吃著途中所買的早餐。

方向燈、煞車，以及節流閥把手等需要用手操作的部分統統集中在右側，Cub放開左手也能操縱的構造便是為此而存在的——儘管禮子如此強辯，但小熊認為並非如此。就連小熊也知道，Super Cub設計成能讓外送人員單手扛著蕎麥麵騎乘，可是她完全不會基於懶惰或半吊子的好奇心，在目前與當時大相逕庭的道路上，嘗試危險的單手騎車。

「我在半路上和警察的Cub擦身而過，結果一口也吃不到。明明天氣這麼冷呀。」

禮子說著說著撕破了紙袋，走在從停車場通往教室的路上，同時吃著包子。這時，小熊一把從她手中將吃到一半的豆沙包搶了過去。

「啊！好過分！」

小熊品嚐著既非日式點心亦非紅豆麵包，而是豆沙包特有的黏膩內餡，說道：

「我想從說出『今天很冷』的人身上收取罰鍰。」

禮子表示「會冷就是會冷，這也沒辦法呀」，並拿出另一顆豆沙包。警察的Cub，投入於在通學道路上狩獵夥伴的那一方。為了防止這份沒被警察拿走的罰鍰遭到小熊徵收，禮子紮紮實實地捧著包子吃。

已經吃過早餐的小熊，吃掉半個豆沙包就綽綽有餘了。她們倆由出入口爬了上去，之後小熊脫下球鞋拿出室內鞋。禮子一隻手吃著豆沙包，靈巧地脫著PALLADIUM的戶外布鞋。

小熊和同班同學禮子，是在數個月前基於「同樣騎乘Cub」的緣分之下，開始交談起來。

小熊花了大筆學貸儲蓄買下幾乎全新的Super Cub不久時，禮子還騎著改裝過的郵政Cub。不過，之後那輛車因事故而毀損，於是她改買了Hunter Cub。

她和小熊的關係，就像是從損友之中拔掉「友」這個字的感覺。

小熊和禮子都在教室安頓下來了。禮子在就定位的小熊面前吃著包子，同時打發上課鐘響前的時間。

「已經是冬天了呢。」

「好的，罰鍰。下次就要吊扣駕照了。」

把手伸向禮子的小熊，注意到禮子已將買來的三顆豆沙包一掃而空，沒有支付罰鍰的能力了。因此她決定偶爾向吃人不吐骨頭的國家看齊，以手指摘下禮子貼在襯衫領口的金色葉子。

那片銀杏落葉，似乎是禮子騎著Hunter Cub時，和風一塊兒貼上來的。小熊秋天騎乘Cub在路上的時候，也曾經遭受過這種樹葉和輪胎輾過就會臭氣熏天的銀杏攻擊。

小熊原本打算堅稱直到紅葉凋零前都還是秋天，不過看到通往學校的路上那些銀杏樹幾乎都變得光禿禿的，她便放棄抵抗季節變遷了。

「我知道已經是冬天啦。」

那片既已乾枯的秋季最後餘韻，小熊以手指玩弄了好一會兒之後，便把這個帶著也派不上任何用場的枯葉拋到了窗外。

在空氣阻力影響之下描繪著複雜飄落軌跡的銀杏葉，被一陣突如其來的寒風給帶到某處去了。

體會到秋季告終的隔天，小熊和昨天在同樣的時間起床。在一成不變的晨間時光吃完類似的早餐後，她添加了一個新的變化。

那便是穿在西裝制服上頭的紅色機車夾克。

這項未開封的產品，是小熊在那家用於保養或購買零件而有所往來的中古機車行收到的。這件哈靈頓夾克款的上衣，她在天氣仍很熱的時候好奇地穿過了好幾次。在迫於必要的用途下穿上，還是頭一遭。

小熊以前穿過的時候也有這麼想：設計這件夾克的人，是不是沒有被分配到必要的預算，來製作符合騎車上路此一目的的物品呢？

一般的機車夾克背上會有個通風的開口，可是小熊所穿的這件上頭所附的，卻是徒具外觀的仿造設計。另外，在強風大作時可將左右領口固定在喉嚨處的鈕釦，小熊初次使用後它的縫線就輕易地斷掉了。

正是因為品質如此糟糕，她才能在未經使用的狀況下，免費收到這件某個二輪賽車隊做來發給工作人員用的機車夾克，但她開始想要再稍微好一點的東西了。

夾克的設計師似乎有努力在受限的預設單價中做到最好，衣服前襟的拉鍊姑且有用布料覆蓋住，而袖子和衣襬則是以彈性素材製成防風規格。然而，拉鍊本身卻只附了一個寒酸的拉頭，感覺難以利用冬天凍僵的手來操作。

無論是領子的鈕釦或仿造的開口，意思是要收到的人自己想辦法處理吧——小熊內心如是想的同時拉上了拉鍊，並把鈕釦脫落、只剩下殘存線頭的領子立了起來。

只要在拉頭添加個什麼便於操作之物，以及在領口裝個壓釦，是否就能夠讓這件夾克變得勉強堪用，比起換新的還要便宜呢？就在小熊揹起一日背包並跨上Cub進行各方尋思時，想買新夾克這個花錢的誘惑暫且平息下來了。

藉由在西裝外套上穿一件夾克，要比寒冷的昨天來得輕鬆不少——小熊帶著這樣的念頭，抵達學校的停車場。

已經先來的禮子，正以鏈條鎖將Hunter Cub的前輪繫在停車場的柱子上。

她的打扮也和昨天有所不同，身上穿著一件綠色的美軍飛行夾克。看來禮子也不願意繼續喊冷，導致被小熊收取罰鍰。

「早安，兩萬圓。」

藉著接近而來的聲響，禮子便已知道來者是小熊，並朝著她伸出了手。停下車子的小熊從後方的鐵箱拿出自己的鋼絲鎖遞了出去，於是禮子也把小熊的車固定在柱子上。

兩萬圓是禮子身上那件夾克的價格。即使是中古除役品，美軍現行的飛行夾克依然有這等價值。不曉得禮子究竟是料想騎著Cub會遭遇何種狀況，居然買了一件阻燃尼龍製的夾克以備冬天來臨。聽聞此事時，小熊調侃著她說：「兩萬圓在走路耶。」

「什麼呀～妳那件不是免費的嗎～」

站起身的禮子，碰觸小熊那件棉花混紡尼龍的機車夾克。接著她撫摸起自己那件夾克，以掌心確認起阻燃纖維的觸感後，以一副「買下來真是太好了」的模樣流洩出心滿意足的嘆息。

在距離預備鈴響起還有一點時間的停車場中，禮子撥弄著小熊身穿夾克的上半身。碰到手臂一帶時她注意到某些情況，露出一臉心有不甘的表情抽回了手。

小熊大致有察覺到禮子發現了什麼。雖然她們的朋友關係並不長，但同樣身為Cub的車主，兩人有許多部分共享著相同的感性及感受。

小熊先是碰了碰自己的袖子，然後制止意圖隱藏手臂的禮子，看向她要價兩萬圓的飛行夾克衣袖——袖子外側那條由手腕至肩頭，縫製袖布的車線。這是機車騎士挑選上衣時，會率先觀察的部分之一。

並非只是穿著上街或登山，而是要騎著機車不斷暴露在風吹之下的夾克，若是不小心穿了便宜貨，這裡的裁縫會首當其衝因風壓而破裂。

小熊的機車夾克正因是免費發送用的，因此布料和拉鍊的品質都不怎麼樣，唯有袖子和軀幹的部分是以三重車線確實地縫製起來。另一方面，也許是基於航空機師這個用途所致，禮子那件以輕量化及降低成本為目標而排除了無謂之處的軍用飛行夾克，車線則是兩條。

小熊那件別人送的機車夾克，看來設計師是個懂機車的人。儘管在各個地方顯得吝嗇，卻在受限的工作當中顯示了自己身為機車騎士的驕傲。

既然如此，真希望對方能如同這番話所言，將衣領做得更耐用一點——心中這麼想的小熊，朝著教室邁步而出。

禮子跟在小熊後方，臉上徹底變成了喪家之犬的神情。

小小的一道接縫、一條縫線，有時會成為攸關生死的差異。那便是騎乘機車這麼一回事。

會介意這種事情，或許就是機車騎士腦袋不好的地方。

# 4 風

下午的課程和班會結束後，小熊和禮子從位子上站了起來。學校的座椅面積明明比Cub的座墊大，卻令人感覺十分狹小。

當大夥兒都開始準備回家之際，小熊在西裝制服上頭穿起紅色的機車夾克，禮子則是穿上綠色的飛行夾克。

對於只是漫不經心地走在路上的人而言，這個氣候讓人搞不清是秋天還冬天。正如同其他縣市的居民所言，山梨縣民整體來說並不怕冷。身邊的同學之中，已經穿起大衣的人也還沒有那麼多。

當小熊及禮子兩人單手提著包包前往停車場時，一個同班同學靠了過來。

「好帥喔。妳們兩個接下來要變成風嗎？」

小熊不喜歡別人對自己積極攀談，因此並未和同學對上眼，僅是默默點了個頭。禮子對前來搭話的學生似乎有某種程度的了解，只見她挺起胸部回了一聲：「對呀。」

那位同學並未繼續開口，就這麼離去了。小熊則望著禮子說：

「他說風耶。」

禮子稍稍嗤之以鼻地答道：

「風又怎樣了呀？」

小熊有在騎機車一事，已經在每天看著她騎Cub上學的同學之間傳開了。最廣為流傳的一件事，則是前些日子的教育旅行。騎車追上沒搭到的巴士這件奇珍異聞，原本周遭認為毫無一絲個性的她，被賦予了「騎乘Cub的傢伙」這樣的印象。

禮子也一樣。儘管她是個成績優異的千金小姐，要比小熊來得醒目幾分，但禮子並沒有參加社團，也沒有什麼興趣。紅色的改裝Cub成功賜予了她個人特色。

這樣的兩人時常會聽到的，便是這句和風有所關聯的語句。雖然常有人講說騎乘機車就會變成風，不過小熊和禮子自從開始騎車以來，從未抱持過這種印象。

對於機車騎士——尤其是騎著Cub這類輕機的人來說，比起感覺融為一體，風反倒是他們忌諱的對象。

原本就已經很無力的輕機被風一吹，極速便會減低。儘管與速克達型的輕機相比，車重多少占了點便宜，可是側面投影面積大的Cub不耐側風。被突如其來的強風吹到車線左右方去，導致心頭涼了半截的經驗，小熊發生過無數次。

不論何時，能夠讓Cub的馬力發揮到極限的，永遠都是無風的瞬間。沒有一個輕機騎士從未體驗過，試圖催出最快的速度時，被吹個不停的風搞得心裡頭憤恨難耐。

下雨天亦然。就算是感覺沒有雨衣也能撐過去的小雨，一旦颳起風來，便會成為打濕全身的風雨。

然而正因如此，小熊變得頗為了解風這個可恨的敵人了。

當吹起的風冰冷又潮濕時，代表就快下雨了；而乾燥的風會奪去身體的水分，致使體力下降。如果騎乘禮子那種改裝機車，就得配合隨著季節改變的風，調整引擎的燃料供給和懸吊系統才行。

由出入口走到外頭的小熊與禮子，接觸到外面的空氣後，交換著視線說：

「無風。」「嗯。」

感覺彼此的口中對風會有無盡的怨言，卻僅有這句話便打住。風充其量不過如此。與能夠騎車的樂趣及必要性相比，只是些枝微末節的小事。

小熊和禮子戴上安全帽及手套，再拉上夾克的拉鍊後，踩發起Cub的引擎。

兩人跨上發動後的Cub，騎乘在校園內。這時忽然吹起一陣強風。方才的情形，似乎只是一瞬間的風平浪靜。

走路或搭巴士回家的學生們，面對南阿爾卑斯吹來的寒風，皆一副怕冷的模樣拉起西裝外套的衣領。正當穿著大衣的學生為自己的準備之周到而自誇時，小熊與禮子隔著安全帽相視而笑。

她開始騎乘Cub已經好幾個月了。雖然小熊不記得自己有像人家說的一樣變成風，但騎車時隨時都會暴露在風底下。和甚至能扯裂上衣接縫的極速強風相較之下，寒風或颱風不過只是溫吞的徐風罷了。

我們了解風為何物。

小熊與禮子品嘗著怪異的優越感，同時稍稍舉起手打了個招呼，而後各自讓Cub奔馳在方向相反的歸途上。

# 5 週末的兩人

通過學校後，隨著降低的氣溫和逐漸乾燥的空氣，甲斐駒岳與南阿爾卑斯逐漸清楚地現身了。她便是騎著Cub馳騁在這裡。這條上坡，可稱之為山岳地區的入口。在從柏油路變成水泥鋪面的道路上轉過幾個彎之後，她騎進了北杜的別墅區裡。

由於從東京走高速公路過來只要兩個多小時這個便利性之故，這一帶散布著不少都市人的別墅。禮子的住處，就位在這裡的邊緣。

禮子曾說過，自己之所以會離開父母身邊，選擇住在老家擁有的這個地方，其契機是因為崇拜她孩提時代重播的那部外國影集主角。

星期六下午小熊從日野春車站前的公寓出發，騎著Cub在平常的上學道路奔馳的同時，回憶起了這件事。

禮子的家從學校來看，和小熊的公寓位在反方向，且距離幾乎相等。騎到她家前面的小熊，在這條二十來分鐘的路途中，並未深入思索禮子所言。

如果要說她明白了什麼，那便是「即使是打從兒時就懷抱的夢想，一旦能夠利用老家剩餘的資源輕易實現，無論如何都會顯得虛假」一事。

小熊回頭望向自己一路爬上的山路。看著櫛比鱗次的密度和街上的住宅區大同小異的小木屋及自建屋，她心想：

假如要在這種遠離塵囂的山中孤獨地過活，自以為是影集主角的話，那麼自己知道比這更好的生活方式。

小木屋有塊被稱作「門廊」的部分，是打造在一樓的陽台。小熊以掌心撫摸著停在門廊前的Cub，之後按下了機車喇叭代替門鈴。

它的音量介於腳踏車鈴聲和汽車喇叭之間，縱使騎車時按響它，也會因為引擎聲的關係導致幾乎聽不見。儘管Cub有遵照法規安裝喇叭，卻也不曉得派不派得上用場。面對門廊的大窗戶對這道聲音有所反應，而後打了開來。

身穿工作褲及T恤的禮子現身了。她揮啊揮的對小熊招著手。通往門廊的木梯旁，有塊禮子自己添加的斜面。於是小熊便將車子由那兒推上去。

小熊和推上門廊的Cub一塊兒從大窗戶進入室內。窗軌也以三角形的木材填補了高低落差。將這座山中小屋改造成無障礙空間以對應Cub的幾項ＤＩＹ工程，小熊也有參與協助。

屋子裡頭是約有十坪左右的套房，並附有閣樓。室內的三分之一鋪設著紅磚，可以用來擱置機車或保養。

牆邊掛著工具，零件堆積如山。置身其中的禮子那輛Hunter Cub在白熾燈的照耀下，車體的電鍍部分顯得燦爛生輝。小熊把自己的車停在Hunter Cub隔壁。只要再稍微整理一下房裡，就是一副不賴的景觀。

平常即使小熊來到這棟山中小屋並擅自入內，禮子也只會抬起頭來，然而她今天卻以全身表達著喜悅。小熊心底沒什麼好預感。

禮子打開冰箱，從空蕩蕩的內部拖出一只白色的箱子。那是在魚店經常看得到的保麗龍箱，人們管它叫作漁箱。

她將漁箱擺在約占半坪大小的框組式木桌上，在掀開蓋子的同時說：

「拜託妳想辦法處理掉這個！」

漁箱的內容物是幾條虹鱒魚，感覺重達一公斤。禮子表示，這是逗留在附近的小木屋裡，繞遍富士五湖的釣客送的，但她不曉得該怎麼處理才好。小熊聞言推開了禮子，一把抓住虹鱒魚。

「吃掉就好了。」

語畢，小熊把漁箱拿到廚房去了。她吩咐在下廚方面全然幫不上忙的禮子，先把散亂不堪的房子稍微整理一下。

星期六晚上，小熊開始會住在禮子家中了。這並非哪一方主動開口提議的。剛開始是為了借保養Cub的工具，久而久之就多了「避免生活自甘墮落的禮子橫死街頭，偶爾也要讓她在收拾乾淨的家裡吃點正常的東西」這件要事。

小熊打開禮子從垃圾場撿來的立體收音機，聽著NHK－FM播放的大提琴演奏，並將漁箱搬到位於室內一角的廚房去。

她一面清洗著虹鱒魚，同時翻著自己心中稱不上廣泛的食譜，思考該怎麼料理這些魚。從裡頭沒放什麼東西的冰箱來看，若是不想點辦法解決，她們倆將會度過一個飢腸轆轆的夜晚。

山中小屋、大提琴及Super Cub。若是再加上美味的晚餐，這個週末八成能夠比在其他別墅按表操課靜養的那些人過得更充實。

沾滿麵粉並以奶油煎過，再佐以切碎的扁桃仁，虹鱒魚就變成法式嫩煎魚排了。

雖然這樣的菜餚小熊也是第一次調理，但把禮子借她的智慧型手機放在一旁邊查邊做，總算是安然無恙地完工了。

就連一開始說只要鹽烤和白飯就好的禮子，也很中意這道切了片依然有三百公克左右的份量，帶有奶油焦香味的魚排。

在這個戶外作業用的白熾提燈照亮著散發杉樹芬芳的室內之中，她們倆吃著虹鱒魚排、禮子買來囤積的黑麥麵包，以及受到禮子影響導致小熊也開始飲用的無糖氣泡水，度過了一段晚餐時間。

房間一角那台只有揚聲器音量恢宏的立體收音機，正播放著FM調頻廣播，內容為蕭邦的練習曲。

速速吃完晚飯的禮子，為了泡咖啡而離開位子。小熊品嘗著頗為滿足的感受，同時拿起黑麥麵包抹去盤中剩下的奶油來吃。

肚子吃飽飽的小熊在椅子上仰起身子，並眺望著提燈照耀下的Cub。禮子正在把轉開水龍頭便會跑出來的南阿爾卑斯之水以及粗研磨咖啡，加進過濾式咖啡壺裡。此時一道出人意表的雜音，混入了她們倆的寧靜時光中。

這並非譬喻，而是至今都在播放著鋼琴演奏的收音機，發出了令人不快的雜訊。

禮子把咖啡壺放在爐連烤上頭，點火的同時說了句：「又來了呀～」

「好吵喔。」說完這句話的小熊站起身，試圖消弭刺耳的聲音。這台年代久遠的收音機，很符合「從垃圾場撿回來的東西」這樣的印象。小熊眺望著它好一陣子後，並未關掉電源便離開了它面前。

小熊直接走到停放Super Cub的那個角落，開啟擱在工作桌上的紅色鐵箱，說道：

「我要跟妳借用工具。還有，這個可以用嗎？」

挪用來充當工作桌的老舊木製辦公桌，也是禮子撿回來的。而小熊所指的，是放在工作桌旁的一只木箱。

裡頭所裝的零件，是禮子在整修Super Cub或家裡的機械產品時所拆下的。它們並沒有要丟掉，卻也沒有要拿來用。

為什麼要把這種東西保留下來呢——小熊選出一條連接器既已斷掉的電源線，再從工具箱裡取出電工鉗及小刀切斷電線，讓兩端的銅線露了出來。

之後，她把一端的銅線纏繞在收音機天線上，拿著另一頭尋找聲音會變得純淨無瑕的方向。沒有雜音的方位正好有著窗戶的鋁框，於是她以曬衣夾固定起來。

聽到清澈的風弦琴聲和先前混了雜音的狀況截然不同，小熊面露心滿意足的表情。

泡完咖啡的禮子，則是來到了小熊身邊。

禮子拿起了小熊接上後就只是丟在那裡的電線。她將鬆弛的電線由收音機後方拉到窗框那邊的牆壁接縫，把它弄得不會難看又礙事。

由於禮子所住的小木屋位在山區之故，廣播電台的訊號時常會變差。這時，小熊趁著咖啡尚未煮沸的期間，利用延長天線這個單純的處置，令情況改善了。

達成讓ＦＭ廣播的聲音清楚明瞭這個功能後，小熊便可以接受了。但禮子不光是如此，還很在意外觀，於是漂亮地把配線重新拉過了。

小熊原先雖心想「她還真是多此一舉」，不過禮子的工程八成不僅是為了外觀，也包含了「避免不小心勾到線」這種機能上的理由，因此小熊也認同了。

禮子拿出不鏽鋼杯，給自己沖了一杯黑咖啡，小熊的則是她喜歡的甜咖啡。小熊回到桌前的位子，品嚐著工程告一段落後的咖啡。
她看向時鐘，發現距離睡覺時間還早。這時禮子拿了筆電過來。
「我有一些很有意思的影片喔。」
禮子在小熊身旁隔著一人寬的間距坐著，而後把腳擱在桌上，以一副懶洋洋的模樣啟動電腦。
「一個是在新加坡舉辦的Super Cub比賽，另一個是早期的電視節目，針對『各種市售用品是否真如廣告詞所言』進行實驗的企畫。」
小熊略作思考後，指著螢幕上的圖示說：
「我要看實驗。」
禮子想看的似乎也一樣，只見她點擊圖示，開始播放起影片來。
影片不愧是禮子所推薦的，小熊也覺得興味盎然。像是實際以瓦斯噴槍燒灼誇稱耐熱數百度的飛行夾克，或是拿著行動導航進入樹海。比起實驗內容，被迫參加這些企畫的年輕搞笑藝人他們自暴自棄的模樣很有趣。
至於另一部影片——Cub的比賽，小熊原本想之後再欣賞，可是在看第一部影片時就已湧現睡意，結果並沒有看到。於是禮子便到夾層的臥室去，小熊則鑽進了攤開在起居室沙發上的睡袋。

禮子說：「我想讓收音機也能聽AM，要不要到甲府去買材料，自己動手做個環形天線好呢？」小熊便指著放在桌上沒收起來的筆電，表示「用這東西聽就好了」，叮嚀她注意物慾的誘惑。

小熊和禮子共享著「騎乘Super Cub」這份事實。兩人都認為被問到自己最喜歡什麼事物的時候，八成都會回答是Cub。即使如此，她們也並非隨時隨地都會無條件地把Cub當作最優先的選擇。

騎著Cub以及保養它固然有趣，世上依然充斥著其他各種令人興致高昂的事物，種類五花八門。這也是因為開始騎車之故，小熊才得以知曉。

因此，儘管今天小熊原先打算要跟禮子討論自己車子的禦寒裝備及動工，到最後卻僅僅享受完餐點、收音機和影片，就決定結束這個週末的夜晚了。

雖然她喜歡Cub，可是不記得自己變成了一個只會騎車的洋娃娃。

我們並沒有把Cub當成神一樣供起來膜拜。

# 7 早午餐

在一如既往的時間醒來之後，一想到今天是星期天，心情上便會覺得好像稍微賺到了。

小熊認為，自己會開始這麼想，八成是已漸漸習慣在禮子的小木屋過夜的關係。打開攤在沙發上的睡袋拉鍊，和在公寓裡從被褥裡坐起身，兩者並沒有不同。

這個地方，讓她感覺簡直像是待在自個兒房裡一樣。儘管正因如此，沒事她不會積極主動地前往，但一起床隨即看得見停在室內的Cub，這樣也不壞。

兩輛Cub就停放在鋪設著紅磚的空間，映照著朝陽。小熊之所以會躺在睡袋上眺望著機車，是因為已經到了陽光令人心懷感激的季節，而非夏日期間那般讓人忿忿不平。

另一個理由是，和停靠Cub的牆邊恰好方向相反的夾層，躺著一個小熊不太想從一大早就看到的東西。

用不著去看繫在手腕上的卡西歐錶，憑藉日光傾斜便注意到自己睡得比平常晚的小熊，嘆了口氣之後轉過頭朝反方向去。

設置在小木屋夾層的床鋪上，禮子正以極度無防備的模樣熟睡著。

從沙發上坐起身子來的小熊，脫下自己擱在禮子家中的睡衣及內衣褲，沖了個澡之後換上成套牛仔裝。

小熊打開收音機的開關，播放ＦＭ電台。昨晚收訊有些問題的天線經小熊簡易修補過後，即使是天空的電波狀況與夜間迴異的白天也能順利收到訊號，老電影原聲帶正以良好的音質播送著。

為了對抗一旦氣溫降低，肌膚觸感就會變得冰冷的牛仔裝，小熊開始到廚房做事。雖然小熊有在思索早餐做好前把禮子叫起來的方法，可是她懶得爬摺疊梯到夾層去，因此她往停放好的Cub旁邊那張當成工作桌用的老舊木製辦公桌走去。

這張橡木製成的桌子平常是禮子在使用，小熊則是不時會拿來拆裝Cub，甚至是各式各樣的破銅爛鐵。上頭放了一項禮子最近以幾乎免費的價格，從遺物整理商手中得到的玩具。小熊拿起了它。

冰涼的金屬觸感、木製握把，以及旋轉彈巢及長長的槍身。根據禮子無聊的知識表示，這是一把名字叫作柯爾特蟒蛇的金屬模型槍。

禮子說，世上沒有槍像它這麼漂亮了。它美得讓人能夠容許其功能上的所有缺陷。小熊騎著功能性最佳的機車，無法理解她這番說法。

然而，騎了Cub一陣子後，她了解到一件事。因工作所需騎乘Cub的人認可它機械上的性能，但基於興趣或自用而選擇Cub的車主之中，有不少人是被Cub意外繁多的人性化缺點所吸引，而不光是因為它的性能。小熊對其他能和Cub比較的機車不甚清楚，因此搞不太懂。

小熊把火藥帽塞進一旁和實彈一模一樣的子彈後填裝至槍裡，然後隔著陽光照射進來的窗戶，對準不太願意認真工作的太陽扣下了扳機。雖然禮子也說這個扳機的手感非常棒，可是小熊認為比起這種有如百圓打火機的點火開關，Super Cub把手兩側的各種開關觸感還比較優秀。

破裂聲連續響起了五次，若是身在附近有鄰居在的公寓，感覺對方便會立刻報警。小熊見到禮子跳了起來。她似乎仍睡眼惺忪的樣子，只見禮子拚命地翻著枕邊尋找武器。

小熊心中帶著「倘若這是真槍，今後就要讓她睡個過癮了」的想法，同時將這把會發出沉重金屬聲響的模型槍放在桌上，繼續去準備早飯了。

睡醒的禮子以緩慢的動作爬下摺疊梯，並大喊道：

「煙硝味好重！」

小熊原本打算對賴床的禮子惡作劇一番，但她一副「這個味道也不賴」的感覺嗅聞著，身影同時往浴室消失而去。

「有一發是啞彈。」

聽聞小熊的話語，禮子邊沖澡邊回應。

「那把槍是好貨，不過火藥很糟糕。因為據說它在店裡已經放了二十年。」

小熊尋思：就算是玩具，但妳還真是悠哉呢。假如這是一把會發射實彈的手槍，致命的一發卻是啞彈，會讓禮子的下場極其悽慘落魄。

就在禮子走出浴室，穿起整套的藍灰色工作服並坐在位子上的這一刻，早餐做好了。

餐點有兩個三明治，以及沙拉和咖啡。

學校和小木屋中間有家不曉得做不做得成生意的德式麵包店，禮子總是會在那邊買全麥吐司。小熊將厚切波隆那香腸和豪達起司，以及切碎的洋蔥與醃菜夾在全麥吐司裡做成三明治。沙拉則是手撕並清洗過的萵苣，配上洋蔥和番茄切片，再淋上小熊上週做好放在冰箱，卻完全不見減少跡象的沙拉醬——那是她以檸檬汁、醬油、菜籽油和胡椒鹽製成的。還有以過濾式咖啡壺沖泡的咖啡。

禮子大口咬下夾著厚切香腸，體積約有日本吐司兩倍大的偌大三明治。小熊則從臉盆大小的沙拉盆中拿了有如小山一樣高的量，開始吃了起來。

禮子速速掃空第一個三明治及黑咖啡，把手伸向第二個三明治時，她說：

「妳今天要做什麼？」

吃完沙拉的小熊，一手拿三明治，同時喝了一口香甜的咖啡後，答道：

「用完早餐之後，我要到丹澤那一帶騎騎車。」

禮子單手拿著三明治，另一隻手把玩著放在桌上的金屬模型槍，說：

「我把這東西擦亮後，打算騎到乘鞍去。」

儘管小熊與禮子騎車的時間和目的地不同，可是都已經決定今天要騎著Cub跑一整天了。

在白天能夠不受時間限制四處騎車跑的星期天，她們倆最常如此度過。而且，她們今天也有想要騎車上路的理由。

南阿爾卑斯的隆冬逐漸逼近。一旦進入嚴寒時期，山區及高海拔地區道路上的冰即使是白天也不會融化，將成為危險的結冰路面。

小熊及禮子能跨上Cub自由馳騁在山路上的星期天，大概只剩下寥寥數次了。

當那些日子結束後，等待春天的漫長嚴冬就要開始了。

# 8 變化

星期一開始的氣溫要比上週同一天來得略低，終於必須在制服上穿著夾克不可了。她手上戴的是買車時老闆送的GRIP SWANY牛皮製工作手套，腳上則穿著Keds的高筒運動鞋。雖然學校有規定要穿樂福鞋，可是不遵守老師也不會特別講什麼。這樣一來目前就沒有任何不便之處，不過到時候會需要擬定禦寒對策吧——內心如是想的小熊把車子停在校舍後方的停車場，不久後禮子便騎著Hunter Cub現身了。

除了在制服上頭穿著飛行夾克之外，禮子的打扮和夏天期間沒什麼兩樣。她身穿PALLADIUM的戶外布鞋，以及附有止滑顆粒的棉質工作手套。禮子說過，這種手套最適合拿來操作所有機械，而不僅是Cub。

禮子以加滿Cub一桶油的金額，買下了一組十二雙的防滑手套。小熊也跟她拿了一雙，在承認它便於操縱的同時卻也覺得實在過於毫無防備，因此只在夏天酷暑的日子用過幾次而已。

儘管小熊沒有意思配合她的時間，可是今天也和禮子一塊兒到校了。

小熊由自己車後的鐵箱拿出上學用的一日帆布背包，再將安全帽及手套放進去。這時，正把越野安全帽放入後方郵務車箱的禮子，望著自己的手套說：

「是否差不多該換掉了呢？」

小熊瞥了一眼禮子天天拿來用，用到指尖處都開了洞的手套。她看向自己在夏季時分覺得有點悶熱的皮革手套，低聲喃喃說道：

「如果是這樣，那換掉它就好了。」

禮子似乎挺中意止滑手套，顯得不太願意換掉的樣子。

之所以會看似拒絕著非換不可的季節來臨，是因為小熊也有同樣的心情嗎？

縱使季節交替、衣著改變仍然一成不變的教室，也發生了稱得上是變化的事情。

小熊及禮子都沒有意識到，不過學校的文化祭似乎將近了。

儘管活動規定以班級為單位參加，但實質上卻是自由參與。班上的成員大約有一半在為了學園祭活動，剩下的人則是無所事事。小熊她們倆屬於後者。

當中還分成忙於社團活動，以及無事可做卻也無意參加活動的學生。截至去年為止的小熊也是如此，可是今年略有不同。

除了學園祭，學校或班上也有舉辦活動或娛樂，但小熊過去連這些都沒有出席。Super Cub的存在，會帶給現今的小熊上述的事物。目前必須針對即將到來的隆冬時節，進行禦寒對策才行。這是迫於必要的狀況，同時也是樂趣。

下課後，於文化祭之中有任務在身的學生忙不迭地四處奔走。小熊班上要推出的節目是模擬店鋪。他們似乎是要開一家被稱作「Bar」的義式咖啡廳。

為了活動當天而在著手籌備的文化祭執行委員，正在向班上眾人喊話。那個小熊也知道長相卻不太記得名字的嬌小學生，表示需要人手製作裝飾教室的材料。幾個原先不參與的人受到意欲參加的同團朋友邀約，提出自己想幫忙的意願。

由於在班上沒有稱得上朋友的人，小熊並未特別受到什麼邀請。當她迅速地進行回家的準備時，禮子過來攀談道：

「妳要怎麼做？」

禮子揚起下頷指著的前方，見到幾個班上同學正在合作準備義式咖啡廳的身影。一個小熊不太熟，卻和禮子多少有些機會交談的執行委員女生，說人數依然不夠。

小熊並未回答問題，而是碰觸了禮子的手。那是她今早說光靠止滑手套會冷的手。

「這件事優先。」

看來禮子也回想起「替手禦寒」這個急迫的問題了，只見她從位子上站起，並拿著自己的肩背包。禮子向熱熱鬧鬧地開始動手做事及聊天的同學稍稍打過招呼後，便拉著小熊的手離開了教室。

當兩人並肩而行時，小熊向禮子開口道：

「妳要到哪兒去？」

禮子不斷反覆回頭望向一度跑出來的教室，並回答：

「我要去繞繞甲府的二手店。」

「我也要去。我有東西要找。」

原先似乎感到有些內疚的禮子，腳步變得輕盈了。她帶領著小熊快步前去。

禮子或許也明白了。冬天已不由分說地逐漸逼近，現在沒有閒工夫在學園祭玩什麼開店家家酒。

目前應當使之產生變化的，並不是和班上眾人的關係這種看不見具體形式或價值的事物，而是近在眼前的寒意這個現實的威脅。今天早上，禮子應該也有透過自己的掌心感受到才是。

並未跟著意圖速速離開學校的禮子，小熊以不變的速度走在路上。她在轉過教室前的走廊往出入口邁步之前，回頭一望。

仍留在教室不回家的人，他們的喧嚷聲微微傳來。

想趕快聽見自個兒機車引擎聲的小熊，匆匆走向出入口。

# 9 助力

在文化祭的日子慢慢逼近之中，小熊與禮子過著與其毫不相干的生活。

前些日子她們倆去找了Cub的冬季裝備，可是在沒有具體目標的狀況下，四處探訪二手店及機車用品店的結果毫無斬獲。

這時，往返學校所吹起的風也愈來愈冰冷了。若是維持這副打扮騎乘機車，小熊感覺本應是恆溫動物的自己，體溫都要跟著下降了。

放學後，班上要參與文化祭的集團，依舊努力進行著一點益處都沒有的祭典準備。平時以作業為名目在教室開心閒聊的同學中，似乎掀起了一陣波瀾。

小熊在準備回家之際無意間聽到，班上開設義式咖啡廳這種模擬店所需要的器材，在運送上出了問題。

據說當初之所以決定要推出義式咖啡廳，是因為制服、杯子、業務用濃縮咖啡機這些東西都有管道從其他學校整個借來。然而，器材在他校結束任務，要載運到這所學校的階段時，發生了出乎意料的狀況。

原本大夥兒有意請班導出借休旅車一口氣運送，可是此事的傳達卻出了差錯，老師並沒有收到，而把車子借給正在照料祖父的母親了。

後天就是文化祭了。文化祭執行委員會將在前一天檢查模擬店並發布營業許可。必須在有限的時間內，把位於甲府的咖啡廳器材搬進教室且設置好才行。

小熊側眼望著東奔西竄的同學，做完回家準備後便打算離開教室。比小熊要來得坦率幾分的禮子，掛著一臉像是要說「你們活該」的模樣。

眾人望著時鐘和預定行程表，討論是否該以電車或徒步手持的方式搬運器材。但需要搬的東西，包含沉重的咖啡機和易碎的杯子在內，聽說可以裝滿一輛小貨卡的車斗。

有幾名騎乘機輕或腳踏車通學的班上同學，表示要靠自己把東西從甲府運來，可是就小熊來看，像這樣臨時抱佛腳必定會遇上困難。

原先既已一致攜手合作面對文化祭的同學們，幾乎像是在吵架一般指責彼此準備不足。如此看來，文化祭的模擬店不會是大家所想像的義式咖啡廳，而會變成把裝有即溶咖啡的紙杯擱在課桌上這樣的東西吧。

那名意欲以執行委員的身分統整眾人的嬌小女生，露出泫然欲泣的表情。小熊總算想起她叫什麼了。記得沒錯，她的姓氏是惠庭。而小熊不知道她的名字。

小熊追著想趕緊離開教室的禮子，自己也想回家。她的雙腳之所以會停下來，是因為聽見了同學口吐妄言。

「你白痴啊？輕機哪載得了啦。」

小熊按住了禮子的肩膀，緊緊揪住即使如此也意圖從教室裡逃走的她說：

「妳有那東西對吧？」

禮子背對著她，嘆口氣之後回答：

「有一根阻尼器壞了。」

換言之，包含禮子本身在內，其他部分都沒有問題——如此解讀的小熊回過頭，向班上同學搭話。

「也許有辦法處理。」

那個身高不滿一百四十公分的女孩惠庭，內心似乎陷入了急不暇擇的情緒中，只見她面露彷彿遇上救世主的模樣看著小熊。

小熊心想，她沒辦法和這個女孩子交好。當騎乘機車碰上困難時，神明或佛祖都靠不住。

班上同學納悶著小熊突如其來的發言。禮子撥開他們，開始瀏覽黑板上所寫的那些非搬不可的器材清單。

小熊把現場交給禮子，離開教室後快步在走廊上移動。

現在需要的東西有兩樣。一個禮子擁有，另一個小熊心裡有底。

她壓根兒沒有和文化祭扯上關係的意思。有些事情輕機做不到，但Cub可以。為了證明這點，稍微做點事也不賴。

急忙趕往教職員辦公室借東西的小熊，由聯絡走廊看向了窗戶外頭。小熊的Super Cub和禮子的Hunter Cub並排停放在停車場之中。它們一定能解決班上眾人傾巢而出挑戰，接著又死心斷念的困難。

「不過是小事一樁，對吧。」

從教室小跑步出去導致體溫略微升高的小熊，衝進辦公室去。

# 10 保險

小熊屬意之物，順利在教務處借到了。

那是一輛拖車。

就小熊的記憶，這輛全新的校用鋁製推車鮮少使用，都擱置在倉庫裡。她稍微檢查了一下，發現胎壓和軸承的運轉都沒有異常。

接下來的使用上預料會承受比人力更強的應力，於是她也確認了把手的連接處，這邊也沒有問題。

小熊拉著拖車繞到校舍後方。即使是空載的拖車，由小熊這個體格不怎麼魁梧的女高中生來拉還是有點重。自己果然還是需要人家的幫助——對此有所自覺的她往停車場去，發現隨時都會助小熊一臂之力的對象，正在等候她的到來。

今天Super Cub看起來要比平時還可靠。小熊放下拖車稍喘口氣後，一個儘管不如Cub，卻能在遇上困難時充當人頭的傢伙來了。

禮子令Hunter Cub的輪胎發出摩擦聲，停在小熊身旁。在小熊前去借拖車時，禮子已經往返了家裡一趟。平常總是設置在她車後貨架的郵務用車箱，已被拆掉了。

取而代之地安裝在那裡的，是讓小熊起心動念想幫同學脫離窘境的工具。那是路上看得到的Cub之中，令人非常熟悉的一項裝備。

以螺栓牢牢地固定在後貨架的，是被稱為「外送機」的東西。它能夠以被橡膠包覆住的三根阻尼器，吊起在日式套餐店或中式餐館所見到的鋁製提箱。

這架外送機，也讓Super Cub廣泛地被用在快遞業務上。在Cub的配備之中被譽為至高傑作而名聞遐邇的外送機，讓不見得是騎車高手的外送員在趕到客人那邊時，能不灑出蕎麥麵及拉麵的湯汁或破壞擺盤，使東西安穩地保持在機車後方。

班上原本預計利用汽車運送餐具或器材用在明天的義式咖啡廳上，但現在狀況不可行。縱使有意裝載在輕機或腳踏車上應急，因時間有限而無法包裝得太過誇張的餐具，幾乎不可能完好如初地送到。只有Cub的外送機有辦法使其化為可能。

小熊由自己車上的後箱取出工具，開始拆卸外送機。禮子看向拖車，把它拿來跟自己認為帥過世上任何機車的Hunter Cub相比。儘管她稍稍露出了不願意的模樣，卻也掛著死心斷念的表情，拿著和拖車一塊兒借來的繩子，綁起拖車把手和機車貨架。

像是業務用咖啡機這類大型器材或咖啡廳制服等占位子的東西將以拖車運送，易碎品則是把提箱吊掛在外送機上載運。如此一來，哪一輛Cub該分攤什麼工作，就很清楚明瞭了。

禮子那輛一一〇cc，馬力及扭力都有優勢的Hunter Cub要拉著拖車。而身為機車騎士的資歷雖然不如禮子，但小熊的Super Cub在不使物品搖晃的慎重騎乘方面技高一籌，因此它要負責外送機。

禮子已完成了將拖車固定在車子上的工程。起初她覺得很矬而不情不願，可是見到紅色車體及電鍍零件相當醒目的Hunter Cub，和鋁金屬表面散發著黯淡光澤的拖車兩者結合，倒也是喜形於色的模樣。兩者皆對其用途追求著毫無一絲浪費的實用性。此等物品特有的造型美，就寄宿在Hunter Cub與拖車身上。

小熊近來才知曉並且感到吃驚的事情是，將拖車綁著Cub牽引的方式，於道路交通法規上沒有任何問題。據說不久之前，常常會看到Cub如此運載攤販、農機或是街上垃圾的身影。

小熊也完成了拆卸自己的後箱，安裝外送機的工作。自己這輛沒啥特徵，從平時就像是銀行行員或其他人騎乘的Cub，化身為街上隨處可見的外送車後，變得更是樸素又平凡，增添了隱匿性。這並非指它不如別的東西，而是會給人「能夠交付工作給這輛車辦」這樣的安心感。

小熊檢查了禮子的Hunter Cub和拖車之間是否固定牢靠，禮子也同樣在查驗著外送機與Super Cub的連結處。一同進行車子的保養之後，兩人自然而然地變得會盡量去確認彼此的做事狀況。

一個人自以為是的目光所容易漏掉的失誤，只要有兩個人的視點，便能夠發現到。由於這項工程簡單過頭，她們並未特別發現什麼異常情形。外送機格外地融入自己這輛車。小熊拍了拍上頭的提箱，向禮子問道：

「妳有帶來嗎？」

禮子有以手機拍下寫在黑板上頭的內容。正在看照片重新確認運送貨物清單的她，指著提箱道：

「在裡面。」

小熊打開提箱，發現裡頭裝有禮子從山中小屋帶來的過濾式咖啡壺。一個是剛開始買的，另一個則是因為它太大而專程重買的。除此之外，提箱裡還有磨豆機。它可以磨出咖啡壺所需要的粗研磨咖啡豆。

小熊把兩只咖啡壺和磨豆機，塞給擔心地前來察看狀況的執行委員惠庭。

「在我們回來前，妳先學會怎麼用。」

接下來，小熊與禮子要到甲府去拿義式咖啡廳所不可或缺的物品。一回學校後，參與學園祭的班上學生將總動員著手準備，在今天之內完成教室的咖啡廳布置。

前提是往後各個行程全都順利進行。若是在哪個環節出錯，便會直接如同骨牌效應一般，使得後續工程全部泡湯。

自從開始接觸Super Cub後，小熊學到最重要的一件事，是採取某種行動時，要隨時準備保險。

假如發生什麼問題時，會需要備案——這是小熊的提議。而萬一無法開設義式咖啡廳的時候，就利用這些咖啡壺開一家早期美式酒館風格的咖啡廳——想到這個點子的人是禮子。

咖啡豆可以用學校籌辦學園祭時統一採購的物品。禮子確認過，只要有咖啡壺，剩下的東西都能在戲劇社湊齊。舉凡店員的牛仔褲、牛仔襯衫、牛仔靴、西部草帽、格紋桌巾、木紋屏風，甚至就連酒館必備的雙開式彈簧門和德州共和國的國旗都有。

小熊原本在想「為什麼禮子會知道這種事」，似乎是去年戲劇社上演《小婦人》這齣戲的時候，禮子曾借溫徹斯特步槍給他們當道具。

關於食物的菜單方面，只要到附近的超市把豬肉豆罐頭和現成的蘋果派統統收購一空，應該就不成問題了。還有女學生說她會做墨西哥辣醬。

禮子喜歡這個勝過義式咖啡廳，大半男生都贊同她的想法；但全體女生都認為原本的咖啡廳比較好，於是最後統整眾人的意見，決定將原本的點子當成主要方案，早期美式酒館作為第二備案。

準備就緒了。學園祭的成功與否，就端看小熊和禮子這趟行程了。

只載了外送機所以車體輕盈的小熊帶頭，而禮子拉著拖車的Hunter Cub則跟在後頭。

小熊一瞬間望向後照鏡，上頭映照出雙手拿著咖啡壺的惠庭，一副祈求般的模樣凝望兩輛Cub的身影。

## 11 重逢

裝備了外送機的Cub，駕駛起來的感覺和平時沒什麼兩樣。

因十字路口或變換車道而令車子左右擺動時，雖然吊在後方的提箱會傳來晃動的觸感，不過阻尼器會隨即讓反映了行走震動的搖晃平息下來。

這種情形必須當心注意的，是在鑽車時意外碰撞到四周的車輛或電線桿，不過小熊和那種侵略性十足的騎乘方式無緣，因此用不著操這個心。

比起那點，更該擔心的是小熊後面的Hunter Cub。不久前才面有難色地表示拿自己的Hunter Cub拉拖車很矬的禮子，實際騎上路之後，便像是拉著雙輪戰車還什麼似的，一副很開心的樣子。

為了趁空載時讓車子和自己適應新配備，以及順順地騎在裝滿了物品的歸途上，小熊以預設了高負載的低速騎車。然而禮子卻像要她飆快點似的，頻頻催動著油門。

從她們倆位於日野春車站附近的學校，到領取借用品的甲府高中這段路，小熊已經利用購物和夏天打工的時候摸熟了。騎乘時抑制著禮子的小熊望向後照鏡，同時心想之後要跟她借那輛附有拖車的Cub騎一下看看。

如果空載實在不像樣，那叫禮子坐在後方的拖車上，讓她充分享受戰車賽的感覺藉以一償所望就得了。

外送員及戰車——兩輛Cub花了大約三十分鐘，抵達位於甲府市區的那所高中，也就是目的地。

校內停車場的出入口見不到看似警衛的人，於是她們倆直接穿了過去環顧裡頭，把車子停在便於上下貨的側門前，而非騎乘機車的訪客所使用的停車場。

小熊讓禮子在車子那邊等，自己走進直接通往教職員辦公室的側門。小熊對這個地方很了解。她在夏季期間每天都往返於這所高中，做著運送文件的打工。

當時辦公室只有一名老師，現今放學後人還挺多的。這個突如其來的闖入者，在他校制服上穿著紅色機車夾克。因此教師與職員皆納悶地看著她。

小熊正想找個近在眼前的人說明來意，這時坐在辦公室深處座位的女子站了起來。

「好久不見！看妳好像很有精神呢！」

個子高挑的她留著一頭短髮。已經都快冬天了，她卻依然曬得黑黑的。這個看似體育老師實為國語老師的人，在小熊夏天打工時負責授受文件。她衝到了小熊這邊來。

女老師盈滿笑容，以強大的握力握住小熊的手用力甩動。小熊基於人情世故配合握手，同時說道：

「我來借文化祭所需要的東西。」

女老師握著小熊的手，並歪頭感到不解。

「咦？我聽說是老師要開車來拿耶。」

解釋起來很麻煩，而且也沒這個時間。小熊就這麼把女老師握住的手拉了過來，帶她到透過窗戶看得見辦公室外頭的位置。

「原來如此呀。」

女老師見到在外面等候的兩輛Cub，頷首回應。

「已經都準備好了。我現在派學生拿過來，妳們喝杯茶稍等一下吧。」

雖然沒有悠哉休憩的時間，可是她們背負著相對的責任騎乘不同以往的Cub，而且還剩下帶回物品的回程要跑。因此有些緊張導致口渴的小熊，決定不客氣地接受老師的好意。

當她也把禮子找來，坐在辦公室一角的椅子上稍作休息時，附近位子上的壯年男老師開口攀談道：

「妳們有在騎車是嗎？」

在小熊回應之前，正看著儲存在手機裡的貨物清單，於腦中建構上貨順序的禮子先回答了。

「是的。」

「那不會很危險嗎？」

這是小熊跟禮子都已經被反覆問到煩的問題。每次被問都會思索答案，讓小熊終於找到一個最簡明扼要的回覆來應付各種對象。她代替禮子答道：

「不，並不會。」

機車確實不安全，但世界上更危險的事物要多少就有多少。比方像是無聊之類。對於搞不懂這點的人，只要這樣回答就綽綽有餘了。

當她們喝完茶的時候，女老師率領抱著東西的學生們，回到辦公室來了。

小熊與禮子在女老師及學生的協助之下，將器材和衣服堆上拖車，而以報紙包起的餐具則是裝進了外送機提箱裡。

這兩輛Cub，正試圖載運一台小貨卡份的物品。女老師望著機車和騎士說：

「Cub真的很了不起耶。我爺爺也有一輛，我去跟他要來好了。」

小熊再次以自己的眼睛及雙手，仔細地重新整理學生們所放置的餐具位置，同時回應說：

「買新車會比較好。」

堆在拖車上的東西，有以繩子固定起來。禮子一度將它鬆開，並在重新綁好時說：

「Cub不會壞是騙人的。騎乘老舊的Cub是件很困難的事喔。」

女老師看向嚴肅地上完貨，井井有條地離開辦公室的學生們說：

「我是希望它讓我傷腦筋啦。」

小熊無法理解。最起碼她便是中意其故障頻率低、損壞容易維修、令人困擾之處最少這些特點，才會騎乘Cub。

禮子似乎倒不這麼想，只見她一副莫名認同女老師這番話的模樣。

上貨完畢的小熊與禮子向女老師道過謝，之後騎著裝滿貨物的機車，離開了甲府的高中。

負重滿滿的Cub在回程也並未特別遇上什麼問題，比起在某種程度上樂觀預估的時間，還提早抵達了日野春。

# 12 咖啡師

也許是小熊與禮子驅車運送物資有了代價，班上模擬店要辦的義式咖啡廳，順利通過了活動前一天由執行委員會所進行的審查。而當天從附近麵包店買來的現成輕食——像是帕尼尼或普切塔等——也很受歡迎，使店裡門庭若市。

由小熊構想，禮子安排必要物品的保險備案——早期美式酒館的點子及物資，也提供給某個在籌備階段便受挫而跑來哭訴的班級，因此並沒有白白浪費掉。

在市售的派放上五彩繽紛的果凍，打著「好吃到令人發顫」的廣告詞販售櫻桃和檸檬派——以此自豪的酒館生意似乎還挺不錯的樣子。對此，小熊這個班上參加學園祭的學生們，都對提供企畫給競爭對手一事感到懊悔。

說到勞苦功高的小熊和禮子，她們並未參與這些熱鬧的盛況，而是單純把活動這天當成能夠比平常還早放學的日子度過。

小熊、禮子和其他未參加活動的同學，在上午便做好回家的準備，離開了教室。忙著處理模擬店工作的學生們，只有在她們搬東西來時，客套地說過一句感謝的話語。

就小熊來看，與其聽一些誇張的謝詞給人家浪費時間，她比較慶幸什麼也沒說。小熊很不擅長和班上其他學生交談，尤其是在學園祭等活動中大肆宣揚自己很努力的人。

禮子的狀況似乎也相差無幾。她走出教室後，正眼也沒瞧那些為了活動而裝潢過的各班教室，逕自往出入口去。

當她們倆抵達Cub所在的停車場時，小熊開口了。

「老師說要我們計算來回油錢後提出申請。」

禮子嘆了口氣說：

「那個老師也一樣，是個以為汽機車光靠油錢就能動的人呀。」

小熊懂禮子想表達什麼，同時心想「世上究竟有多少人能理解她的意思呢」。

就算是騎乘成本低廉的Cub，也必須定期花錢換機油。不僅如此，輪胎、燈泡，以及騎上路便會磨損的各個零件等，除了汽油之外，得花費金錢及工夫的地方要多少有多少。當然，購置車輛本身的費用也是。

至少就禮子的情形而言，這諸多開銷都是自作自受——她內心如是想，並眺望著紅色Hunter Cub買來不久就立刻裝上的鈦合金排氣管，以及馬上就在訓車時摔倒，導致被迫更換的腳踏桿橡皮。

「來回大概是一百圓左右。」

以Cub的油耗計算由這兒到甲府的來回距離，就會是這樣的數字。為了一枚百圓硬幣，要在放學後留下來填寫申請書，然後又要被一發現文件上的小錯誤就駁回的校內會計事務員逼著反覆提交無數次。想到這些勞力，小熊便認為並不實際。

禮子在車上仰起身子說：

「我決定當作想買咖啡，卻把一百圓掉在自動販賣機底下了。」

小熊心想「如果是自己，不惜把販賣機給翻過來也要拿回錢」，不過今天就這麼辦吧。目前在放學後還有許多事情要處理，像是到最後被延宕的Cub過冬準備之類。

踩發機車引擎的小熊和禮子，正打算逃離因學園祭而熱鬧滾滾的校舍時，有人小跑步到了停車場來。

她是學園祭執行委員惠庭。記得她家便是提供給班上模擬店輕食的麵包店。雖然小熊連人家的姓氏都記不太清楚，不過她和禮子似乎認識。

「幸好趕上了。對不起喔，沒辦法好好跟妳們致謝。這是我們的一點心意。」

惠庭身穿白色襯衫及領巾，還圍著服務生風格的半身圍裙。這是義式咖啡廳的店員打扮，人稱「咖啡師」。

她怎麼看都只像是來幫忙的小學生，或是送茶的發條機關人偶。這樣的惠庭利用不鏽鋼托盤，把冒著熱氣的兩只咖啡杯舉在眼睛的高度上。

見到裝在托盤裡遞出的濃縮咖啡及卡布奇諾，小熊和禮子不禁笑了出來。才想說當作弄掉了零錢導致沒喝成咖啡，卻有人收下滾落的硬幣，代替販賣機提供了咖啡。

惠庭露出納悶的表情望著在咖啡面前發笑的兩人，小熊與禮子便拿起咖啡杯喝了一口。味道還不壞。

無論是杯子、濃縮咖啡機、托盤，甚至是眼前這個女孩的服裝，都是靠我倆騎車載來的——光是如此，甜中帶苦的卡布奇諾就簡直像是Cub所送的禮物似的，讓小熊覺得十分美味。

把托盤抱在胸口的惠庭，見到兩人滿足地喝著咖啡，於是浮現放心的神情。

「大家真的都很感謝妳們，可是各種分身乏術。」

雖然小熊認為這點程度的謝意用不著講，但她總之又喝了一口卡布奇諾後說：

「這樣就夠了。」

儘管不覺得有賺，卻也沒吃虧。這點報酬就足足有餘。

# 13 水藍色

做咖啡師打扮的惠庭，在喝著咖啡的小熊及禮子身旁，凝視著兩輛車說道：

「輕機真厲害呢。」

小熊原想趕快喝完把杯子還回去，可是這杯卡布奇諾的味道一口喝掉太浪費了。她認為「一定是因為自己怕燙的緣故」，並將飲料含在口中，以免破壞上頭有著香甜奶泡的微苦咖啡這份平衡。

「我從來不這麼覺得。」

小熊的所作所為，只是在機械的運用範圍內正確地操作它罷了。眼前的卡布奇諾亦如是。這杯咖啡，肯定是在手續毫無差錯的情形下，利用她們倆騎車載來的咖啡機所做成的吧。

就如同西部劇中長途跋涉而來的男子終於獲得威士忌一般，把濃縮咖啡灌進喉嚨裡的禮子也回覆道：

「厲害的是Cub，小椎。」

至此小熊才終於曉得這個同班同學的全名。在咖啡廳制服上別著名牌的惠庭椎。

感覺這人今後不會和自己有所瓜葛，因此小熊認為八成會立刻忘掉她的名字。

她的個頭比起落在女生平均身高的小熊要矮得多，只有一百四十幾公分左右，她將制服下襬及衣袖反摺了起來。那頭不若禮子的長髮照到陽光後，就會帶有湛藍的色澤。而她的肌膚則白皙得像是以純粹的陶土燒製而成一般。

正在喝咖啡的小熊及禮子手上，拿著好似模仿著早先瑋緻活風格的水藍色杯子。和那些杯子莫名有幾分相似的女孩子——椎，以指尖撫摸著小熊的車，說道：

「我也好想騎騎看喔，可是我根本沒辦法騎輕機。連腳踏車我也常常摔倒了。」

喝著濃縮咖啡的禮子嗆到咳嗽，小熊則是差點邊喝卡布奇諾邊笑了出來。她們還以為，惠庭曉得禮子直到最近都還不會騎腳踏車，是靠著小熊的特訓才終於能騎得像一般人一樣。

總之，小熊把目前透過騎車經驗所得知的事情告訴她。

「覺得辦不到的事，最好不要去做。」

一旦提心吊膽地騎機車，那麼車子也有可能會害怕騎士，將人從座墊上拋出去。若不帶著很想上路馳騁的念頭騎乘，車子就不會願意為自己代步——它便是這樣的架構。

憑藉著椎這名少女的體格及纖細手臂，還有全身散發出來的淡藍色印象，小熊斷定她是屬於不會騎機車的那種人。

也許是因為飲料裡的濃厚咖啡因所致，禮子略微紅了臉頰。她亮出內容物還剩下一半左右的水藍色杯子，說道：

「之後我會到教室去還杯子，妳趕快回到櫃檯比較好。」

椎這時才回想起自己在文化祭中擔任的角色。她抱著托盤，再度鞠了個躬後才轉過身子去。

在往教室邁步而去之前，椎回頭瞄了一眼Super Cub。不曉得是否想像起騎著Cub的自己導致注意力散漫，只見她跑走時撞到了停車場的支柱。

照那樣子來看，就算她騎車到馬路上去，不出三天就會摔倒而再也不騎了吧。內心如是想的小熊，品嚐起殘留在卡布奇諾底下那融化到一半的砂糖。

「好甜喔。」

喝完咖啡的小熊，搶過了禮子手上的空杯子。

「妳先拿手機查一下禦寒手套。」

她們倆出乎意料地被捲入文化祭之中，使得Cub的過冬準備遭到延後。今天她們也必須去逛逛機車用品店、二手商店，或是網路才行。

禮子拿出了小熊尚未持有的智慧型手機，一副「包在我身上」的態度豎起大拇指。前去歸還杯子的小熊，把水藍色咖啡杯高舉在半空中。那比起晚秋濃烈的藍天還要淡的顏色，就像是才過去不久便讓人很快地懷念起來的夏日天空。

小熊回到了裝潢成義式咖啡廳風格的教室，正想找個附近的同學把杯子交還回去的時候，她發現方才來送咖啡的椎，其身影就在深處的櫃檯裡。

不鏽鋼製的咖啡機，在高中生親手打造的咖啡廳之中，發揮著如同關鍵之物還什麼的存在感。從櫃檯之中好不容易才能露出臉來的嬌小女孩，手腳俐落地熟練操作著這台機械。

根據禮子所言，她家裡是開手工麵包店的。於是小熊心想，她大概有幫忙家業或打工的經驗吧。

原本給人夢幻淡藍色印象的她，看起來稍微可靠了一點。自己原先認為她無法騎乘Cub的這個評估或許是錯的。腦中帶著此種想法的同時，小熊把擁有相同顏色的杯子還給了她——那名儘管顏色淡雅，卻有如日照強烈的夏季天空一般的少女。

# 14 中央市

感覺藉由一杯咖啡獲得活力的小熊和禮子，一前一後地騎著兩輛Cub，從甲州街道往甲府的方向去。

在甲府昭和的交流道南下稍騎一陣子，便是她們倆的目的地。

這是小熊及禮子在沒有具體目標的時候，會姑且前往的場所。

此處距離家裡約二十五公里。來到這兒算是一場小小冒險的日子，是什麼時候的事呢？而它又是幾時反倒成了出遠門的回程上，表示快到家的標記呢？——小熊在思索這些問題時，兩人到達了甲府市南方——山梨中央市的中古機車用品店。

自從小熊買車後，不曉得來這裡幾次了。禮子雖然也這麼說，不過她造訪的次數一定遠遠超過小熊。她們來此的目的，並不是只為了機車零件。

它恐怕是山梨縣之中最大的一間中古機車用品店。其對面有一家大型舊書店體系的二手商店，規模同樣也是縣內最大。而隔著十字路口的另一頭，果然也是一家遼闊的大賣場。

這個配置，簡直就像是為了喜歡玩機車的人所量身打造的。比起聚集了時尚品牌商店、餐飲店和百貨的購物商場，小熊與禮子和這兒較有緣。

當想要替機車添購一些必需品以外的東西時，由這裡騎車五分鐘的範圍內，也有購物中心、汽車用品店、工作布料行，以及進口雜貨店。

只要把車子停在比鄰相望的三間店舖其中之一，便能夠走路去逛各家店，不過小熊多半是停駐在機車用品店的停車場。它的面積是三家店之中最為寬廣的，更重要的是四周有許多同類夥伴。

在平日白天較為空曠的停車場裡，已經停了一輛國內各家廠商都不再生產的二行程仿賽型輕機。

要說是古董機車它又顯得傷痕累累，讓人知道它目前依然在山巔服役。在這輛車旁邊，有個少年在皮革連身工作服上頭穿著運動衫，看起來似乎是車主。他正在拆解著化油器，更換調節燃料用的噴油嘴。

對小熊與禮子而言，立刻換上店裡買來的零件，以及兼具外出購物和調校用途的試騎，皆是稀鬆平常之事。她們倆將車子停在遠處，以免妨礙到少年。

小熊坐在機車座墊上脫下安全帽。總之現在必須決定，要在這裡買些什麼，又或是要像登山和探險的基地營一樣，以此為中繼地點前往他處。

「妳要怎麼做？」

禮子戴著越野安全帽，拿出手機並回答：

「該怎麼辦好呢？」

到頭來，她們今天也想不到具體來說該買什麼才好。雖說是Cub的過冬準備，可是現在還是白天，因此很溫暖。她們不曉得萬一接下來變冷的話，在什麼部位會需要何種裝備。

若是平常，這種時候她們會先到這家店舖齊聚的地方來，喝著咖啡來決定該怎麼處理。儘管有時懸而未決，只是聊聊天就回去了，但那樣也挺好玩的。

然而，今天兩人騎車過來，並不是要享受散步或逛街的樂趣，而是有著「準備面對冬天」此一目的。一想到今後將要正式邁入寒冬，就無法那麼悠然自得了。

小熊捏起自己的紅色機車夾克。目前這樣子沒有任何不便之處。禮子的飛行夾克，看起來作用也與它的價格相符。

如果被問到是否會冷，坦白說還好——小熊帶著這樣的思緒望向禮子。她用手機查資訊好像不太順利。

禮子的手開開闔闔的，似乎是滑動操作又失敗了。至此小熊才察覺到禮子的手凍僵了。戴著皮革工作手套的小熊並不覺得冷，可是禮子所戴的卻是從夏天以來一直使用的止滑手套。

小熊拿走禮子的手機，並抽掉她的手套。一碰便發現，她的手果然很冰冷。

「先從這件事開始處理。」

禮子認為止滑手套是最優秀的機車手套，不分季節。聽聞小熊的話語，她便眺望著自己的手套，略顯不甘地說：

「就這麼辦吧。」

小熊和禮子把安全帽收進後箱，再以鋼絲鎖將車子鎖起，而後決定先到眼前的機車用品店去瞧瞧。

# 15 買下來了

中古機車用品店的穿戴品賣場排列著眾多冬季手套，但禮子卻找不太到自己中意的東西。

當中有和小熊的手套相同的皮革製品、尼龍產品，還有電熱式手套，價錢也是從高到低應有盡有。不過在這種時候，禮子不會挑出幾項東西備選，利用刪去法來選購。

禮子決定「只會買下優秀到讓自己滿腦子都是它的傑出產品」。這樣的她，一直使用著在夏天時基於同樣的判斷選購的止滑手套，對於挑選新東西顯得很消極。

禮子再次離開手套賣場，忘掉今天是前來採購機車過冬裝備這個目的，窺探著引擎零件的賣場。

「這也是冬季裝備！因為我的Hunter Cub在濕度及進氣溫度下降的冬天，必須重新調整燃料和冷卻裝置才行。」

小熊拉著找藉口辯解的禮子離開機車用品店。簡單說，禮子隨時都在追求最棒的東西，而這家店沒有足以迷住她的產品。

禮子曾經說過，遇上這種東西的時候，對方總是會主動跳入自己的視線範圍裡，並且對自己述說著：「把我帶回家！」小熊心想：她是傻蛋不成？

小熊拉著禮子的手，前往位於中古用品店那條路對面的舊書店體系連鎖二手商店。在這家賣場大小與體育館相若，陳列著舊書和中古品的店家裡，禮子依然在四處亂晃，最後擅自說出「我累了，想喝個茶休息一下」這種話來。

今天逛個一圈就回去吧——帶著此等念頭看向商品的小熊，注意到某樣東西而停下了腳步。

那是便當盒。

仰賴學貸度過的儉約生活，午餐無論是買外食或花工夫自己做，都會是多餘的開銷，因此小熊總是帶著家裡煮好的白飯和調理食品到學校去。

不光是上學，假日騎車出門也會用到的便當盒很實用。小熊平常都是使用韮崎或甲府的百圓商店所買的保鮮盒，當它汙穢不堪或蓋子不緊的時候就會立刻買新的來換。

最近她則會把淘汰下來的保鮮盒，在保養Cub時拿來放置零件或螺絲，讓它具有新的用途。所以即使是便宜的便當盒，對她來說也不成問題。

小熊不覺得有所怨言、不滿或不足，卻也不喜歡它。

小熊在家庭用品賣場的架子上發現到的紅色格紋便當盒，是像湯碗或漆盒那樣以餐具用的樹脂製成，感覺要比保鮮盒高級。

她產生了興趣，拿起便當盒。小熊想像起自己利用這個便當盒度過午餐時光的模樣。便當的味道並不會因此改變，心情上也大同小異。

只不過，小熊認為把紅色格紋便當盒放在機車座墊或後箱上的樣子，或許有點討人喜歡。

小熊在腦中計算著錢包裡的餘額，同時把便當盒翻了過來。上頭貼有價格標籤。

下一瞬間，小熊幾乎是半砸半放地讓手上的便當盒回到賣場的架上。

它的價格比小熊所用的保鮮盒貴了十倍有餘，根本沒有討論空間。

一直到剛才都被小熊牽著手的禮子，詫異地看向她。

「妳不買嗎？」

小熊嘴硬地答覆道：

「那感覺很脆弱。要是騎車的時候弄掉，它會裂開的。」

既然價錢談不攏，那麼只好挑剔它的功能了。

比先前更用力地拉著禮子的小熊打算走出二手商店，卻再度駐足。

戶外用品專區除了陳列著噴槍、小刀、提燈等物，還放有屋外用的調理器具。

小熊的雙腳自然而然地停了下來，像是被吸了過去一般靠近貨架。下意識地採取行動，回過神來才發現自己已拿在手上的，是個鋁製的方形盒子。

禮子由後方開口搭話道：

「那是Trangia的煮飯神器——就是小型飯盒啦。」

仔細一瞧，那是個有蓋子的小鍋子，上頭附有以粗鐵線構成的摺疊把手。這是個理想的便當盒尺寸，因此小熊才會拿起它。自己使用著它的模樣，瞬間便清楚浮現在她的腦中。

禮子談論著有關煮飯神器的事。比方像是用到極限可以煮兩杯米啦，蓋子同時也兼具一杯米的量杯功能啦，以及它不光只有煮飯，還能運用在各種料理上——諸如此類。

詳細的功能並不重要，就只是這個名為煮飯神器的盒子在對小熊喊話。它表示自己從明天開始，會透過魔法無限生成熱騰騰的白米飯來把小熊餵飽。

小熊將它翻了過來看價錢，發現比剛剛的便當盒稍微貴了一點。點點頭的小熊拿著煮飯神器，聚精會神地朝收銀檯邁進。

直到發現最好最棒的東西前，都要不斷徘徊迷惘來持續尋找——小熊仍不太能理解禮子這份思想和行動，但她想承認自己也碰上了此種事物。
這樣的心情，她已經在Super Cub身上體驗過一次了。

## 16 很矬？

出乎意料地衝動購物的小熊，很想立刻拿新買的煮飯神器——這個方形飯盒來試煮看看。

至於仍在使用止滑手套的禮子，她雙手的禦寒問題，感覺她自己對於換成其他手套顯得很消極，小熊已經不想管她了。

小熊提著裝有煮飯神器的舊書店體系二手商店塑膠袋，打算回到馬路對面那個停放Cub的中古機車用品店停車場。

禮子拉了拉小熊身上那件機車夾克的衣領。面對向前踉蹌了一下的小熊，禮子指著路口對面那間巨大的大賣場。

「也到這家看看吧。」

原本像是拉著要到玩具賣場的孩子般，想盡快把禮子帶去停車場的小熊，看了一下手錶後停下腳步。

今天學校舉辦文化祭，而不參與活動的她們倆比平常放學還早離開教室，因此仍有時間。

在大賣場添購牙刷和衛生紙等生活用品也不錯吧——內心這麼想的小熊，指著位在其前方的小店，而非大賣場。

「我們先吃飯。」

由於上午就離開學校，沒吃早餐的小熊餓了。人類一旦飢餓起來，心情上便會失去從容。比方像是敷衍對待雙手受寒的禮子，或是買了一個昂貴的飯盒兼便當盒，其價格足以買下十幾個先前所用的保鮮盒。

小熊所指的地方，是一家和機車用品店位在同一個區塊內的義大利麵店。那並非裝模作樣的店家，而是家庭餐廳那類的連鎖店，因此巧妙活用折價券便能便宜地吃一餐。

禮子似乎也同樣覺得餓了，她推著小熊的背部走進餐廳裡去。

禮子正坐在小熊對面，往大盤的香辣番茄筆管麵撒上滿滿的起司。

小熊的蒜香辣椒義大利麵同樣也點了大盤的。無論是哪種麵都幾乎沒有價格差異，所以僅有辣椒、大蒜、橄欖油的義大利麵讓人不覺得有賺到。然而，最近會自己煮義大利麵的小熊，開始在意起別人做的蒜香辣椒麵了。

禮子邊吃麵邊使用手機。方才去機車用品店時，沒能找到令她心動的手套，而瀏覽購物網站後的感覺也大同小異。

小熊不明白，為何禮子會如此中意一雙不到一百圓的止滑手套。它的確很貼合手部又便於操作，可是小熊認為自己所用的GRIP SWANY牛皮工作手套才是最棒的。

「那東西有這麼好嗎？」

小熊指著禮子丟在桌上的止滑手套說。平時她不會把不相襯的東西擱在餐桌上，不過目前禮子正拿手機展現出各種產品來和自己的止滑手套相比，確認著只有她自己才曉得的優點。

「妳知道嗎？有許多公認的先進國家，他們的戰鬥機及運輸機駕駛員，依然還在用這種止滑手套喔。」

儘管無法理解，小熊卻也察覺了。換言之，就和她所穿的阻燃纖維製飛行夾克，以及騎乘的Hunter Cub一樣，她只是拿著那些物品實際上不曉得派不派得上用場的規格在玩耍罷了。

這種人去露營的時候，八成會在使用百圓菜刀最為妥當的狀況下，吵著想拿昂貴的小刀來用。可是需要用在憑蠻力割草開路此種用途時，她卻會說出這種話來：「休想拿來用！萬一它受損怎麼辦？」

既然禮子如此期盼手部凍傷，那就放棄禦寒對策，讓她和那雙手套殉情去吧——腦中抱有這種念頭的小熊，在大快朵頤著義大利麵的同時，望向外頭。

這個窗邊的座位可以很清楚看到往來的汽機車。此時有一輛輕機，正為了等紅燈而停在小熊眼前。

那輛輕型速克達後頭綁著裝載農作物的樹脂籃子。騎在上頭的老婆婆看似是當地的農民。速克達上頭不光是搬運籃，還安裝了另一項配備。

那個覆蓋把手四周的套子，不僅是輕機，也常會看到有人裝在腳踏車上面。

等到變換燈號後那輛機車駛離，小熊便一把將禮子的手機搶了過去。

小熊打開購物網站，並開啟自己存在禮子手機裡的帳號頁面。她在輸入著搜尋關鍵字的同時，也把同樣的內容告訴了禮子。

「機車把手套。」

如果天氣變冷也不想把目前所用的手套換掉，那設法讓需要握住的轉向把手四周不會冷就好。

小熊想起騎機車送貨的人曾經說過，這個把手套是冬天工作時不可或缺的東西。

「才不要，好媸喔！Cub裝什麼把手套，又不是老爺爺的機車！我的Hunter Cub絕對不要裝那個。」

購物網站上展示著許多款把手套。它不愧是實用品，無論哪一組的價格都是小熊目前手頭上負擔得起的。

「我要買。」

小熊從網站之中選了一組Cub專用把手套點了下去。它號稱便宜又耐用，而且是郵務士會採用的款式。

隔天傍晚，小熊線上訂購的商品送到了。她立刻拆開了包裝。

以合成皮製作的黑色把手套，看起來柔韌又堅固。她走到接近黃昏時分的公寓停車場，把東西裝了上去。由於它的構造就只是利用繩子綁起來，因此輕易地就完工了。而不管是要伸手進去或抽出手來，以及在把手套裡操作開關，這些全都沒有問題。

現在剛進入冬天不久，這個氣候還不會讓戴著皮革手套的小熊感到寒冷，不過等到今後氣溫降低，它必定就會派上用場。因為它的素材採用合成皮的關係，若是小小的雨勢，感覺可以讓雙手和怕水的手套不致淋濕。

至於禮子最介意的外觀，這樣只是在四處都有的平凡Cub上添加一個隨處可見的配備，並不會顯得特別矬。反倒是黑色把手套讓Cub化身為更加優秀的工具，看起來甚至有種可靠的感覺。

隔天早上，小熊騎著附有把手套的Cub上學時，被禮子狠狠笑了一頓。但實際騎乘小熊的車子試用過把手套後，禮子一瞬間便被它的魅力擊倒，當天就利用網購買下和小熊相同的把手套了。

# 17 一些錢

小熊和禮子所導入的把手套，要比想像中還優秀。

現在氣溫已經差不多冷到戴著單薄的手套騎車會令雙手凍僵了。不過自從裝備了把手套之後，戴止滑手套便綽綽有餘。

據說之所以會加厚手套來抵擋寒冬，是為了盡可能將空氣層疊在手上，進而提高保溫效果。而小熊體認到，把手套能在雙手周遭打造出一個無風空間的構造多麼有效。

不光是手，它還會遮蓋住上衣袖口，因此她感覺上半身要比之前溫暖多了。

或許所謂的禦寒就是指擋風也說不定。小熊又學會一項Cub——亦即機車的事了。

總而言之，目前多虧制服上頭所穿的機車夾克以及把手套，小熊騎車時不再覺得冷了。話雖如此，若要問禦寒對策是否告一段落，那倒也未必。

去年尚未騎機車時也體驗過的南阿爾卑斯寒冬，接下來才要正式發威。

文化祭結束後，開始正常上課後的學校午休。

小熊一如往常地坐在機車座墊上吃便當。雖然內容物是老套的白飯和調理包，不過便當盒從百圓保鮮盒變成方形的煮飯神器了。

不光是「早上準備出門的期間所煮的飯可以直接帶出門」這個實用層面的理由，便當盒也從將就使用的東西變成了自己的心頭愛。明明食物一模一樣，小熊卻覺得午餐時光稍稍充實了一點。

禮子坐在她對面的Hunter Cub座墊上，依然吃著每天都沒什麼變化的餐點。她所吃的是在黑麥麵包裡夾了培根、萵苣和番茄的三明治。聽說這份午餐，是從位在她所住的小木屋到學校路上那間麵包店買來的。

那家有著三角形屋頂，讓人聯想到歐洲阿爾卑斯提羅爾地區的麵包店，據說是針對滯留在別墅的人所開設的。小熊在往禮子家去的途中也經過好多次，不過目前的她對比超市吐司還貴的麵包沒有興趣。

小熊吃著便當，同時思索今後的事。

像是更加厚重的冬季機車夾克，或是據稱極具禦寒效果的透明擋風鏡等，在迎向冬天正式到來之際，有許多配備讓小熊很在意，但當下她提不起勁繼續花錢買東西。

距離學貸撥款日還有段時間，好一陣子沒打工的小熊手頭頗緊。這個月光是機車把手套和煮飯神器就花掉不少了。

買下了新品庫存車，把存下來的生活費花得空空如也的禮子，似乎也處在類似的狀態下，從剛才她就一直哀嘆著沒錢。

總之，小熊決定現在要先暫時避免添購新的禦寒裝備。購物是為了令騎車時感到舒適，若因此缺錢加油騎乘就本末倒置了。

小熊的保溫壺裡，裝有她在家泡的麥茶。吃完午餐的她一度拿起了水壺，卻又把它放在代替餐桌用的後箱上，轉而向對面的禮子伸出了手。

禮子拋了一個跟小熊那款類似的保溫壺過來。接下它的小熊打開蓋子喝了一口，發現裡面是咖啡。她目前的心情比較想喝這個，勝過於麥茶。

週末在禮子家度過時覺得還不賴的咖啡，現在味道很糟糕。粗研磨咖啡利用咖啡壺熬煮而成的時間已經過了很久，以及禮子本身非常不會泡咖啡固然是其理由，但破壞咖啡風味的最重要關鍵，則是小熊覺得沒錢的心情。

小熊與禮子所在的停車場看得見自動販賣機，而她們卻連那種咖啡都買不起。一旦飲料只有這個，不滿便會頓時冒出來。

把保溫壺拋回給禮子的小熊，在Cub上頭伸展著身體。她很想在放學後騎車去跑一跑，可是處在阮囊羞澀的狀況下，連省油的Cub都令她覺得油錢是種揮霍，導致猶豫著要不要出遠門。

禮子擅自拿起小熊的水壺，喝著裡頭的麥茶。她臉上的表情，和先前喝了咖啡的小熊如出一轍。

不僅是冬天冰冷的寒風，身無分文也是機車騎士的敵人——內心如是想的小熊，注意到一個接近而來的人影。

對方有著嬌小的個子和帶著藍色的長髮。小跑步過來的人是和她們同班的女生——惠庭椎。

她在學園祭的班級模擬店之中，負責擔任義式咖啡廳的咖啡師。同時，她家也是禮子每天早上購買三明治的那間麵包店。

話說回來，這個名叫椎的女孩，不但有感謝小熊和禮子騎車載運學園祭所必須的咖啡廳用具來，還給了她們兩杯濃縮咖啡機泡的咖啡。

那杯卡布奇諾真是好喝——心裡頭一旦這麼想著，就連椎的臉看起來也像咖啡了。甲府或中央市雖然也有賣濃縮咖啡或卡布奇諾的店家，可是現今的小熊沒錢去喝。她總覺得開始怨恨起椎來了。

椎似乎是從教室跑過來的，有些氣喘吁吁地開口道：

「我是聽班上同學說的，原來妳們真的在這裡吃飯呢。」

小熊只覺得「那又怎麼樣」，而每天早上都到店裡買三明治，讓人家提供午餐的禮子，言行舉止則是稍微親切了幾分。

「怎麼啦？跑到這裡來。」

至此椎才一副回想起要事的模樣，從制服口袋中掏出了幾張紙片。

「那個……我們家店裡的咖啡廳區域，決定要擺一台濃縮咖啡機了。而這是免費兌換券。如果不嫌棄的話，還請妳們上門來。我爸爸也想和妳們兩位道謝。」

小熊與禮子互相對望著。她們才在想說「沒錢喝咖啡跟出遠門」，結果就聽到這個能在附近喝到美味咖啡的提議了。

彼此相望的兩人像是想到了什麼壞主意似的笑了。面對神情詫異地看著她們的椎，小熊說：

「今天過去可以嗎？」

椎在胸前雙手合十，回應道：

「歡迎！」

# 18 奶油

小熊和禮子在下午放學後，接受椎的邀請，前往她父母所經營的麵包店去。

這棟店面兼住家的麵包店，位於學校前面那條縣道北上一公里左右之處，就在禮子的小木屋和小熊買車的那間中古車行的半路上。而椎平時是以腳踏車上學。

校方准許以輕機通學，而腳踏車放置處，就緊鄰著機車停車場。椎由那兒騎著自己上下學所使用的Alex Moulton腳踏車出來。

她每天騎著它在通學路上的下坡狂飆，回家時則奮力踩著踏板爬上坡道，而這輛腳踏車輪徑很小，車架也比淑女車還纖細。不過，它的變速裝置卻可和公路車比擬，還附帶能以黑色橡膠吸收衝擊的懸吊系統。

比起這個和椎嬌小的體格好像很搭又不太搭的腳踏車構造，塗裝成水藍色的車架讓小熊的印象較為深刻。

不僅是腳踏車，她連髮夾、運動布鞋、手機殼這些東西都統一成水藍色。學園祭的時候，椎有實際去看了他校出借的杯子，還特地指名要仿造瑋緻活的水藍色骨瓷杯。

小熊思索著自己的顏色是什麼。雖然她從未特別留意，不過經常會選擇便宜耐用的原色產品。

禮子發動了Hunter Cub的引擎，手搭著跨在腳踏車上的椎肩膀，說：

「要不要我拉妳到家好了？」

騎機車對腳踏車或拖或拉的場景，小熊看過了好幾次。那些人的衣著大多都不太入流。小熊把她在那當中目擊過的事件原原本本地說了出來。

「我曾經看過有人那樣做，結果雙雙跌落溝渠裡。」

由於全縣所推行的風土病（**註：指日本血吸蟲病，山梨為全國最大的感染地區。該病症的流行已於一九九六年宣告終結**）對策，山梨的排水溝皆是寬闊的混凝土材質。騎著腳踏車的椎，顫抖著身子對一旁神色自若的禮子說：

「我先走，妳們跟上來。」

兩輛Cub緩緩跟在起步的椎後面。

Cub能夠以配合其他車輛的速度在幹道上巡航，腳踏車自然也能輕易以人類步行的速度騎在路上。它不會像高性能大型重機那樣失去平衡後得用雙腳撐地，或是低速行進導致引擎或火星塞出毛病。

平緩的上坡，是通往南阿爾卑斯的歸途。以嬌小的身軀讓體重乘載在左右踏板上，椎踩著Moulton腳踏車的模樣意外地堅毅。這時她回過頭，一臉羨慕地望向坐在那邊就會自己跑的Cub。可是一見到前方出現了全新的木造房屋後，她便驕傲地伸手示意。

「這兒便是我家的店——BEURRE。」

椎把Moulton腳踏車停放於位在店面一旁的停車空間後方。停車場裡停著一輛水藍色的陳舊迷你車，顏色和她的Moulton一樣。

她表示機車可以停在店門口給客人用的汽機車共用停車空間裡，於是小熊和禮子把自己的Cub並排停放在那兒。

這間店是採提羅爾風格的建築物，擁有紅色的三角屋頂及白色灰泥牆。入口上方掛有烙印著「BEURRE」店名的琺瑯牌子。

「這是法文『奶油』的意思喔。」

小熊聽到椎的解釋，心想：意思是像拉麵店常見的宣傳詞「油脂豐厚」一樣嗎？

每天在這邊買三明治當午餐的禮子，脫下安全帽說：

「這一帶有在做正統德式麵包的，就只有這間店喔。」

在小熊的記憶裡，提羅爾地區在奧地利之中比較接近義大利。此種風格的建築物配上法語店名，賣的卻是德式麵包，再加上老闆的女兒於文化祭時以義式咖啡師的模樣亮相。小熊對此抱持著矛盾不已的印象，同時爬上通往入口的階梯。

隨著瑞士風格的木製鈴鐺聲響起，打開門的椎說了一聲：「我回來了！」店裡給人的感覺，比外觀還要更加五花八門。

店內有一半的空間陳列著麵包，讓客人自己用夾子放在托盤上。這是甲府市區也經常看得到的自製麵包店。剩下一半雖是內用咖啡廳，不過裝潢卻讓人聯想到美式快餐店。

有四張桌子和櫃檯的咖啡廳牆上，裝飾著鐵製交通標誌和廣告招牌，還放有瓶裝可樂與口香糖販賣機。鍍鉻的美式咖啡機擱在櫃檯邊緣，裡頭的玻璃壺裝滿了淡淡的淺焙咖啡。

這間店讓人覺得無國籍且毫無節操，而進一步加深這個印象的，是彷彿和美式咖啡機較勁一般放在旁邊的迪朗奇濃縮咖啡機。椎說它是店裡最近才採用的。

比起甜麵包之類的商品，三明治占了大半。這個麵包販售區給人的感覺，與其說德式風格，更像英國市區隨處可見的店。陳列櫃後方有一個人在，他看似是椎的父親。

「歡迎妳們造訪。我聽女兒說妳們拯救了文化祭的咖啡廳，就想見妳們一面。」

隔著玻璃陳列櫃伸出手的男子，臉上長滿鬍子且身材魁梧。他身上的打扮是羊毛衫配上吊帶工作褲。

幾乎沒有腔調和方言的山梨，存在著幾許帶有微妙差異的語調跟口音。對方沒有這些特徵，因此小熊聽得出他並非本地人。原來是外地來的人呢——內心如是想的小熊回握了手。

他的握力和小熊這個女生沒什麼兩樣。碰觸到光滑手掌，小熊察覺到對方處理文件或類似物品的時期，應該要比每天早上烤麵包的日子要來得長久許多。

# 19 咖啡廳

這間提羅爾樣式的麵包店，有著與其不太相襯的美式快餐店風格咖啡廳。和椎的父親握過手，小熊便坐定在那裡。

每天早上都來買三明治買到變熟面孔的禮子，稍稍舉起手打過招呼後，把口袋裡取出的優惠券夾在指尖給對方看。

「我們今兒個是來喝免費咖啡的。」

椎的父親露出笑容回應。他臉上的表情比起麵包店老闆，更像來當客人的上班族。

「務必讓我請兩位喝一杯。我女兒都不肯稱讚我的咖啡好喝。」

椎脫下制服的西裝外套，穿上咖啡師款的半身圍裙和水藍色領巾，邊打開擱在咖啡廳的濃縮咖啡機邊說：

「我要請禮子和小熊喝我的咖啡，不需要爸爸的美式咖啡。」

小熊不擅長親切地待人接物及閒聊，她遞出椎所送的優惠券說：

「我們兩邊都要。只要我和禮子彼此分享不同的咖啡就行了。」

椎的父親再度笑了出來，笑容和方才如出一轍。這是自家公司的利益和顧客的要求找出了妥協方案時的表情。他果然不像是自營作業者。

不久，一只馬克杯便放在了小熊的眼前。那裡頭裝滿了熱氣騰騰的咖啡。厚實的杯子就像是配合著咖啡廳的擺設似的，印著色彩繽紛的圖案。

椎將裝有濃縮咖啡的水藍色杯子遞給禮子。儘管她在教室裡給人不起眼的印象，把托盤抱在胸口的模樣卻也看似見習咖啡師。比起父親未能完全褪去脫離上班族生涯的氣息，或許她還像樣些也說不定。

小熊道過謝，開始飲用咖啡。它的顏色要比小熊所知的家庭餐廳、速食，或是禮子以過濾式咖啡壺所沖泡的咖啡還要淡。不過它既香醇又順口，就連平時要加糖的小熊，也能直接喝下去。

小熊把馬克杯遞給禮子讓她喝了一口。對於和自己所泡的咖啡之間的差異，禮子歪過頭感到困惑。

小熊也喝了禮子的濃縮咖啡。對她來說，味道有點苦。

椎看似要幫忙咖啡廳的工作，而她父親也開始做起麵包店裡的事，於是小熊望向窗外啜飲著咖啡。

在客人用的停車場一旁，設置有機車停放的空間。小熊和禮子的Cub，便是並排停放在那裡。

由於Cub的失竊風險要比其他機車高，她們倆在外出喝茶時都會盡量把車停在店裡看得見的位置，座位也會選擇看得到車的地方。而像這樣隔著窗戶望向自己的車，讓她們倆感受到不光僅有「實用」此一目的之樂趣。

照禮子所說，無論是在國內外，咖啡廳皆是機車文化中不可或缺之物。對於機車騎士而言，裡頭的咖啡和茶是喝的暖氣、疲勞消除劑，同時也是興奮劑。

據說機車與咖啡廳的關係之密切，甚至催生了「咖啡騎士（Café racer）」這樣的詞彙。不過是家裡也能泡的飲品，咖啡廳就要收人家加滿一桶油的錢。若不是像今天這樣有機會免費飲用，小熊認為自己和咖啡廳這種東西無緣。

不過那是平時的狀況。當她想稍微奢侈一下，或是出外疲勞，無論如何都想來一杯暖暖身子的時候，便不在此限。

## 20 椎的地方

放學後的下午時分，小熊在內用咖啡廳中眺望著窗外的Cub，並喝著咖啡。

儘管沒有心情欣賞美景和藝術品，最起碼能夠確認自己的生活大致順遂無虞——度過了一段這種時光的小熊，環顧著店內。

取著法語名字的店裡，賣著德式麵包的英式烘焙坊和美式快餐店比鄰而居，義式濃縮咖啡機則如同闖入兩者之間一般坐鎮其中。這樣的店家，看上去要比眼前萬年不變的同席者來得有趣。

就連喝咖啡必備的閒聊，也因為騎車禦寒這個問題暫時藉由把手套獲得了解決，導致沒有話題好談。

椎的父親正在上架三明治。坐在小熊對面的禮子，向他開口問道：

「在這種地方開店，做得成生意嗎？」

會開門見山地詢問別人心生疑惑卻絕口不提之事，是禮子很蠢的一個地方。就小熊挖掘至今的記憶來看，她幾乎沒有一次認為這是個優點。

配合商品的氛圍穿上德國吊帶工作褲的父親，臉上露出時常會在鬧區見到的上班族表情。明明是下班後在喝酒，那臉色卻不知為何累得像在工作一樣。

「在東京上班的時候，生意我已經做夠了。」

望著過度偏向於個人興趣的店內，小熊莫名地感到認同。北杜市似乎有不少人像他一樣，是從大都市來定居的。

就在小熊和禮子待在咖啡廳的期間，也不時有客人來買三明治或麵包。每當客人上門時，椎便會出面接待，而她的父親則站收銀檯。

在北杜這一帶開發為別墅地區之前，有頗多居民是鄰近工廠的員工。有不少人定居在這個區域，而非短期逗留。

在客人暫且不再出現的時候，椎的父親掛著令人聯想到他上班族時期遇到星期日傍晚的神情，說：

「我原本在想，能夠烤喜歡的麵包給夏季別墅客人藉以維生就好，看來大夥兒還不願意讓我樂得輕鬆呢。」

椎踮起了腳尖說：

「所以說，爸爸趕快把店面過繼給我就好啦。我要來賣帕尼尼和普切塔，撤掉難～吃的黑麵包。」

椎的父親放鬆了眼角，讓人得以稍稍窺見，人生計畫開始照自己意思走的人所擁有的從容。

「義大利人哪懂怎麼烘焙和品嚐麵包啦。」

「想吃美食享受人生的人，才不會吃德國的麵包喔。」

椎也不遑多讓。

在汽機車零件的世界裡，中古再利用的東西被稱為「整新品」。椎近來花了大筆存款所買下的濃縮咖啡機，便是這類物品。在顧店的同時擦拭著咖啡機的她，收拾著小熊和禮子不知何時已喝光光的空杯子，說：

「好啦，白喝的客人快回去吧，接著店裡會挺忙的。」

椎的父親從店內深處的廚房，拿出一個枕頭大小的黑色麵包，表示：

「等一下，再來我想請她們倆試吃我的德國黑麥麵包。」

即使如此，椎依然抓著小熊及禮子的手臂，意圖把她們攆出店裡。

被招待了咖啡卻一毛錢也沒付，小熊都不曉得自己算不算客人，打算依椎所言告辭離去，不過椎希望她們回去似乎是有什麼理由。禮子露出壞心眼的目光，賴著不走。

「好了，快點回去！」如此表示並拉著兩人手臂的椎，望向窗外後便屈膝跪地。

隨著一道低沉渾厚的引擎聲，一輛黃色的雪佛蘭卡車停在店門口。從車裡走出來的那名女子，直接進到店裡來。

有著一頭金髮的她，身穿紅色格紋連身洋裝，以及白色無袖連衫裙。這副打扮令人想到音樂劇裡的安妮。小熊只知道，她便是讓半間店走美式快餐店風格的人。

面對開朗地說出「我回來了！」的女子，椎的父親回以一句「歡迎回來」並流露出自然的笑容，而非上班族那種客套的陪笑。椎為了設法從小熊和禮子的視野裡遮住北杜市的安妮，利用嬌小的身軀不斷舞動著雙手，做著無謂的努力。

「這孩子是小熊，椎的朋友。」

小熊在椎的父親介紹之下，稍稍低下了頭致意。對此，身穿連衫裙的女子，提起裙子做出一個只會在電影裡看見的屈膝禮。

「幸會！我是椎的母親。想不到會有我女兒帶朋友來家裡的這天到臨，嚇了我一跳。」

椎因沮喪和羞恥而靠在濃縮咖啡機上。小熊望著她那副小巧的身體，以及與之相符的稚顏，心想：這女孩的外表長得像母親呢。

不願見笑於人的椎，努力最後成了一場空。椎的母親，將招待小熊和禮子品嚐她所自豪的美式快餐。

熱烤三明治及櫻桃派——這些餐點皆帶有美式風味，和椎的父親所做的德式樸素麵包不同。當她們喝完咖啡後，椎的母親便立刻倒入淺焙美式咖啡。

小熊有點同情椎的遭遇。嚮往德國事物的父親、似乎想當美國人的母親，還有崇拜義大利咖啡師的女兒，三者的權力關係就反映在店裡頭。

販賣德式麵包的烘焙坊和做美式快餐店裝潢的咖啡廳，有如大西洋一般壁壘分明。他們夫妻倆琴瑟和鳴一事，只要看到父親所泡的美式咖啡，或是如同折衷方案的英式賣場便可以明白。在這之中，椎的領土可說是那架濃縮咖啡機。放在櫃檯邊緣的它，感覺沒什麼容身之處。

椎在自個兒買下的咖啡機前面拚命地挺著胸。小熊見狀心想，為了瞧瞧這個小丫頭能在店裡變得多麼有份量，三不五時來這間店光顧也不壞。

禮子腦中想法似乎和小熊相去不遠，她從窗戶看著椎騎的那輛英國Alex Moulton腳踏車，說了一句：「還早得很呢。」

# 21 天氣預報

被免費的咖啡和輕食給釣走，小熊出乎意料地在椎家待了好一段時間，鄭重地拒絕了晚餐邀約後，與禮子一塊兒走出店裡。

在店裡和椎穿著相同西裝制服的小熊和禮子，各自穿上放在機車後箱的紅色及綠色機車夾克，然後戴上白色與黃色的安全帽。人到外頭來送客的椎，興味盎然地看著她們這副模樣。

對小熊等人而言，這只不過是騎車前的日常作業，椎的眼神卻像是在看英雄變身場面似的。對此，儘管沒有特別的意義，小熊依然老實地說出了自己的心裡話。

「妳身上有那件東西，看起來就和在教室時不一樣。」

椎望向小熊所指的綠色半身圍裙，上頭有著水藍色刺繡。這是憧憬咖啡師的她，獲准幫忙自家咖啡廳生意時，率先買下的東西。

椎的表情略顯開心地露出驕傲，從圍裙口袋中拿出好幾張紙片，塞給小熊。

「這是我的濃縮咖啡免費兌換券！請妳下次再來喔。」

小熊收下一大把利用百圓商店的名片卡所印製的票券後道了聲謝，再把它塞進貼心的機車夾克必定會附有的高速公路通行券用口袋裡。

「小椎，那我呢？」

禮子從旁伸出了手來。椎亮出空空如也的口袋，說：

「妳明天早上也會來對吧？我會在那之前先幫妳印好的。」

禮子指著椎，開口叮嚀她說：「一言為定喔。」小熊則是發動了機車引擎。

椎對Cub好像不怎麼感興趣。她上學的路線只要爬一公里多的緩坡，看來只要有Moulton的腳踏車便綽綽有餘了。

小熊和禮子離開了掛著BEURRE招牌的提羅爾風格店家。回程方向相反的兩人，各自朝著不同的地方騎去。

最近購買的把手套是個意外優秀的禦寒器具，而且其他地方也花了不少錢，因此小熊暫時不會添購過冬的裝備。她們倆也不是那種會再單獨找出來喝咖啡的交情。

小熊直接經過學校，騎著平時的通學路線回到了家裡。雖然距離太陽下山還有段時間，不過傍晚已經開始吹起冷風了。果然有把手套，這份寒意就讓人不以為苦。

在公寓前停車並上了鋼絲鎖的小熊走進房裡，褪去身上的衣物並打開收音機。

對於沒有電視，手機也不支援網路的小熊，收音機是她獲得資訊的唯一管道。目前電台在報告氣象，播音員正朗讀著由全國觀測所收到的氣溫及氣壓訊息。

小熊喜歡收音機所播放的音樂，卻不會想聽人講話。這是少數只要她時間允許便會聆聽的人聲節目。平常一旦播完後，她就會速速切換到音樂節目去。

收音機的樂曲並不像是音樂播放器之類的東西那樣，只能在記憶體裝載的範圍內隨機演奏，而是會從各家電台龐大的資料庫當中進行選曲。今天小熊原本也打算聽著這樣的音樂，同時做完課程的預習、複習還有家事，但她並未碰觸收音機的調頻旋鈕，就這麼繼續聽著當地的天氣預報。

對機車騎士來說，外出時的天候與氣溫帶有重要的意義。如果雨勢無法避免，就必須要決定準備雨衣，或是放棄以機車行動。

小熊對收音機裡「今天哪裡的花正是值得一看的時期」之類的無謂閒聊充耳不聞，在播音員開始述說明日氣象時才專心傾聽。現在播報到了預測氣溫。

若採信氣象預報士的說法，那麼儘管現在才剛邁入冬天的腳步，明早的氣溫卻會降低到與隆冬時節有得比。據說原因是輻射冷卻這類高空中的寒氣所致。

初冬時分偶爾會像這樣子驟然變冷，好似凜冬的預演一般。小熊以指尖碰觸掛在牆上的機車外套，沉思了好一會兒。

這件就只是單單一塊布，沒有內裡等部位的哈靈頓夾克是她有所往來的車行送的。倘若氣溫如同往年一樣，其白天的禦寒性能並不會讓小熊感到不滿，但她實在不認為這抵擋得住明天早上的寒流。

小熊將以十分不可靠的配備，試著挑戰終將到來的嚴冬。

# 22 冰天雪地之中

隔天早上小熊起床後，嘗試將注意力集中在皮膚感覺上頭，體感溫度卻和昨天為止沒什麼不同。

她心想「在棉被中什麼也感覺不出來」而從床上坐起身子，多虧了空調的關係並未感覺到寒冷。

自從展開學貸生活，她便住在這個設於日野春車站前，提供給工廠員工的公寓。儘管小熊認為中央空調和這種公寓很不搭，但對於作息時間不見得如同一般人的居民而言，或許拉起百葉窗便能令他們忘記外頭是大白天而睡個好覺的環境，也是有所必要的。

據說居禮夫人曾在天寒地凍的巴黎，將椅子壓在棉被上入睡。用不著體會到此種滋味值得慶幸，可是小熊接下來便要在外面騎車，必須知道氣溫才行。

把機車夾克披在睡衣上的小熊，打開玄關到了外頭去。

她不覺得室外氣溫有天氣預報所說的那麼低。昨晚產生過輻射冷卻效應的天空相當晴朗，陽光普照之下甚至令人有溫暖的感覺。只不過，乾渴的口中讓小熊注意到濕度下降了不少。

才離開室內不久，體溫還習慣著暖氣的期間，人類的肉體並不太會覺得冷。無論是靠近關東的山梨或北極，皆是相同道理。相對於仍無法感知到寒氣的皮膚，映入小熊眼中的事物，讓她了解到今天早上和先前截然不同。

小熊的Cub，停放在停車場之中從公寓玄關可見的位置。而她的車子，覆上了一層皚皚白霜。

回到室內的小熊，在著手準備早餐及中午便當的同時思索著。昨天聽廣播她便知道了今早的寒意會媲美嚴冬時期，可是到最後卻沒有擬定任何對策就睡著了。

說到禦寒對策，能夠穿在制服上頭的，就只有那件單薄的機車夾克。它只能勉強應付截至昨天為止的初冬氣溫。直到去年都還是騎腳踏車上學的小熊，有件寒冬時期穿的大衣。不過它的衣長很長，領口又很鬆，感覺實在無法承受騎機車時的風壓。

在方形的煮飯神器烹煮中午要吃的白米飯並完成上學準備後，小熊聽著收音機吃起她所做的早餐——內容物有吐司、水煮蛋、蘋果和即溶咖啡。聽到新聞說今天是冬季氣溫新低讓小熊火大了起來，不過她隨即心想：自己只是一大早要到學校上課，還算不錯了。

聽說禮子從前在做夜間配送打工那陣子，正要出門上班的時候看到手機天氣預報寫著「今晚氣溫驟降，入睡請注意保暖」，會很想直接把手機狠狠砸到地上去。

即使在吃著早餐的同時費心思量，小熊也想不到什麼好的因應對策。頂多只有在制服襯衫底下穿一件長袖的貼身衣物罷了。

上學時間逐漸逼近。在制服上頭添了一件機車夾克並拿起一日背包的小熊，戴著安全帽走到外面去。她將鑰匙插在停車場的Cub上，接著踩下腳踏啟動桿，可是引擎卻沒有發動。

小熊拉起自初夏買車以來初次使用的阻風門拉桿，再度腳發了一次。發出輕微爆震的引擎啟動了。

推回阻風門拉桿並暖著車的同時，小熊以抹布擦掉車上的結霜。她心想，也許自己需要一組能夠覆蓋整輛車的車罩。

機車只要騎在路上便會有傷痕。小熊原以為車罩這種東西，是給想要維持車體美觀的人用的，不過它在冬天卻是實用品。心中帶著「開銷又要增加了」的想法，小熊戴上了止滑手套。唯獨雙手，已經有把手套這個禦寒工具了。

引擎聲穩定下來後，小熊把背包放進機車後箱，再把機車夾克的拉鍊拉到喉部。

小熊幾乎沒有做好因應措施來面對這股寒流，決定以迄今騎車時用過最多次的對策來克服。

那便是——咬牙硬撐。除此之外別無他法。

跨上靜止的Cub做準備的時候，小熊並未感到寒冷難耐。到學校的距離不過兩公里多一些，頂多十分鐘左右的寒意應該捱得過去吧——內心如是想的小熊一騎車上路，便發現自己有多麼天真了。

遭受騎乘時的風所吹拂，體感溫度會大幅下降。風灌進了尺寸偏大的機車夾克內，從只戴著經典款半罩式安全帽及護目鏡而裸露在外的嘴巴，到穿著籃球布鞋的腳尖，小熊全身上下都覺得冷。

就連先前展現出驚人禦寒效果的把手套，裡頭也滲進了冷風。

小熊忍受著有如在刨冰中游泳一般的感覺而抵達學校，把Cub停放在停車場裡。雖然平常小熊並不覺得學校待起來有多麼舒適，可是現在她很想趕快進入暖氣夠強的教室裡頭。

禮子稍晚也騎著Hunter Cub來了。身上穿戴著越野帽及飛行夾克，看似比小熊溫暖幾許的她同樣全身發顫。禮子的雙手似乎也凍僵了，就連抽出鑰匙都很吃力。

快步走向教室的她們皆不發一語。當下無論講什麼，都只會語帶顫抖罷了。

縱使絕口不提，她倆彼此也心知肚明。若是不做點準備應付今後正式發威的寒冬，便無法以Cub度過這個冬天。

# 23 義式渣釀白蘭地

小熊跟禮子半衝刺地進入了校舍。

寬廣的教室所需之最低限度的暖氣，讓兩人感激涕零。在炎炎夏季騎車上學，進到冷氣涼颼颼的教室時，儘管她們會覺得舒服，卻比不上目前這份脫離生命危險的心情。等到了夏天之後，她們的想法肯定會截然相反吧。

距離早晨的班會開始還有一段時間。教室裡其他學生也為這股不合時節的寒意瑟瑟發抖，但沒有小熊和禮子這麼緊迫。

一旦有在騎機車，就會比透過其他方式移動的人，更深入了解季節這檔事。也因此會被迫正面承受嚴苛的氣候。

坐在自己位子上的小熊，以及把椅子搬到她面前的禮子，兩人一聲不吭地等待著身子暖起來，並恢復思考能力。

小熊抬起頭對禮子說：

「得想想辦法應付才行。」

禮子看著自己凍得比小熊嚴重的指尖，回答道：

「得想辦法……對……要處理一下。」

這時，椎來到對話毫無意義的兩人身旁。這個身高不到一百四十公分的女孩明明是站著走路，視線高度卻和坐在椅子上的禮子沒什麼不同。

椎將手上兩只塑膠杯放在小熊桌上，再從掛在腋下的保溫瓶裡倒咖啡進去。

「喝了會很暖和喔。」

小熊冷到還無法好好開口說話，因此以動作而非言語傳達了感謝，而後將熱騰騰的咖啡送入了口中。

如同椎所言，這杯幾乎要令怕燙的小熊燙傷舌頭的熱咖啡，散發出香甜的氣味。

「這是用我的濃縮咖啡機所泡的卡布奇諾。今天很冷，所以我加了一點義式渣釀白蘭地。」

那被稱作義式渣釀白蘭地的酒，是以製作葡萄酒之後的果渣蒸餾而成，具有強烈的味道。摻有這種酒的卡布奇諾，似乎讓小熊暖遍五臟六腑，終於放鬆了下來。

連平時喝咖啡不加糖的禮子，也貪婪地飲用著這杯渣釀卡布奇諾。

禮子一句謝謝也沒向椎說，就只是憤恨地望向外頭的冬季天空並把咖啡一飲而盡。據說在義式咖啡廳之中，會以杯底所剩的咖啡來占卜。她看著剩下來的卡布奇諾，像是受到了某種啟示般睜大了雙眼。

發出推開椅子的聲響，禮子接近了椎，並開始碰觸人家全身上下。椎放聲慘叫，對小熊露出求助的目光。

禮子反覆看向碰過椎的掌心，而後忽視氣喘吁吁的她，對小熊說：

「沒問題，裝得下去。」

某種不好的預感油然而生，小熊偏過頭去，只見禮子將雙手張開至椎的肩寬說：

「只要把小椎塞進我的機車後箱，我就能隨時隨地喝到溫暖身子的咖啡了。」

椎這個女生似乎很介意自己的身材尺寸，她抱著自個兒方才被各種丈量過的身體，再次尖叫了出來。

一定是今早的冷空氣把她的腦子都給凍住了——小熊對禮子的愚蠢行徑感到錯愕，同時摟著椎的雙肩，讓她冷靜下來。

有如貓咪般投身於小熊的臂彎中，椎似乎稍微放下心來，在小熊忽然抽回環繞到自己身後的手時，她向後倒去，險些摔倒。

椎的肩寬要比自己狹窄許多。小熊感受著手臂上殘留的餘韻，心想：

如果是這個體積和重量，正好放得下自己車上那個送報用的前置車籃。

# 24 三個人的午餐

雖然開始上課了，可是在位子上機械式地抄寫筆記的小熊，思緒已經被騎車的禦寒對策給占滿了。

禮子似乎也一樣，只見她拿課本遮住了手機在東查西找。

結果，即使把上午的上課時間都用在思索方案，也沒有跑出什麼了不得的點子。

機車的禦寒裝備為數眾多，但效果全都是未知數。就目前小熊的經濟狀況來看，實在很難花大錢賭在一個不知道有沒有用的東西身上。而且，多虧了這個月還有其他幾項支出之故，她已經不能再亂花錢了。

老家提供的生活費讓禮子的預算要比小熊寬裕一些，可是她實在極其挑剔，不想穿上的東西多如牛毛。

她現在所穿的阻燃纖維飛行夾克，就是一個典型的例子。最安全且普遍的機車皮衣被禮子嫌棄很醜，對這件耐得住航空燃油起火，在摔車方面毫無助益的飛行夾克一見鍾情而買下來了。

午休時間，小熊及禮子一如往常地前往停車場，坐在機車座墊上度過午餐時光。小熊的食物，是用新買的鋁製飯盒所煮成的白飯加罐頭。禮子則是吃在自家通往學校的半路上——也就是椎家的麵包店所買的黑麥麵包三明治。

兼具蒸飯器和便當盒功能的煮飯神器裡裝滿了白飯。小熊拉開味噌煮鯖魚罐頭的拉環，將內容物倒入白飯後，開始吃了起來。禮子也大口咬著那份夾了奶油起司和薄薄的炸牛肉——人稱維也納炸肉排的三明治。

正當兩人開始用餐之際，椎過來了。

「我可以一起吃嗎？」

椎是向小熊開口搭話，而非從以前就認識的禮子。應該說，今早上課前差點被禮子塞進機車後箱的椎，很怕她那輛紅色的Cub。

小熊並沒有特別需要拒絕的理由，因此在嚼著味噌鯖魚便當的同時頷首答應。縱使獲得了小熊允許，椎仍是一副忐忑不安的模樣。然而，她見到禮子車後安裝的郵務車箱雖然比小熊車上的普通鐵製後箱要來得大，卻不足以裝進一個人載運，於是便坐在兩人車子附近的花壇上，大概是認為禮子那番話只是單純在開玩笑而放下心來了吧。

椎拿出水藍色的琺瑯製午餐盒，打開這個以麵包師傅的女兒來說與眾不同的義大利麵便當。望見這樣的椎，小熊臉上浮現微笑。

禮子在購買Hunter Cub前——也就是還在騎乘郵政Cub時便持續在使用的箱子是雙層構造。載運大型貨物的時候，只要拉起箱子表面的把手抬起來，大小和容積就會倍增。這個夢想成為義式咖啡師的嬌小女孩，是否不曉得這件事呢？

以及，禮子就只有語帶戲謔時是認真的。

三人各自吃著不同的便當時，果然還是在聊上下學的防寒措施。

以Alex Moulton腳踏車通學的椎，在開始騎這輛車之前，就多虧了她在隆冬時節所愛穿的厚實羊毛短大衣之賜，冬天也不覺得有多麼寒冷。

根據以前小熊所聽說的，椎的Moulton並非自己選購，而是讀國一的時候爸爸硬塞給她的。她所中意的短大衣，於此之前就已經在穿了。

椎略顯得意地述說著MISSONI製水藍色短大衣的事情，像是媽媽帶她到甲府的二手衣店，雙方彼此對上眼似的發現這件衣服之後，便一直喜愛到現在。聽著這番話的小熊心裡在想：她從小學時期就穿著同一件大衣以及體型未曾改變一事，就經濟層面來說相當理想，可是以女人的立場而言，這樣並不令人開心。

小熊以指尖捏著自己身上那件禦寒功能非常靠不住的哈靈頓機車夾克時，椎向她攀談道：

「那個……如果會冷的話，多穿件衣服不就好了嗎？」

就是因為辦不到，自己才會苦思著。上半身覺得冷的小熊沒錢買更好的夾克，而雙手及脖子會冷的禮子，則是找不到自己願意配戴在身上的手套和圍巾。

小熊吃完了只是單純把味噌鯖魚罐頭倒在飯上的便當後，喝著茶說：

「要買來替換有困難。」

聽聞小熊這句講得不清不楚的話，椎歪過腦袋瓜，像是想到了什麼似的，雙眼忽然亮了起來。

「或許我有辦法解決也說不定。」

相較於心中並不怎麼期待的小熊，在她對面的禮子，顯得很有興趣似的望著椎。

# 25 粗製羊毛

上完下午的課，做完回家準備的小熊和禮子，跟在椎的腳踏車後頭。

禮子起初感覺很著急，想到一個點子，讓椎坐在自己的車子後方，小熊再扛著Moulton腳踏車上路。回程需要騎上坡路段的椎也差點同意了，不過等到禮子開啟機車後箱，並展示郵務車箱的特徵——亦即大型貨物用的擴充功能給她看之後，感覺可以把自己整個人裝進去的箱子令椎感到害怕，於是她堅持要自個兒騎腳踏車走。

兩人就和前陣子到椎的家裡喝咖啡時一樣，配合她的速度騎車。此時小熊心想，如果這種速度的話，今天的寒流也不會讓她覺得有多冷。

她很想盡快嘗試椎口中的解決方案，在這片寒冷的天空之下騎車全速奔馳。原先對小熊而言是考驗和課題的寒冬，儘管稱不上樂趣，但曾幾何時卻逐漸變得像仍未找到解法的算式一般，令她渴求著答案。

禮子的心情似乎也相去不遠，只見她從後方催促著拚命踩踏小輪徑腳踏車騎上坡的椎。椎以深怕被吃掉的氣勢踩著踏板，可是一旦Hunter Cub的改管聲遠離，她又會覺得不過癮似的望向後方。

雙方都玩得很開心，真是太好了——心中這麼想的同時，小熊轉動Cub的節流閥把手，加快了速度。她超過Hunter Cub，和椎的Moulton並排著。

「妳太過在意後面了，這樣會錯失前方的事物。」

即使從小熊在尾端的角度來看，騎在道路邊緣的椎，車子也經常呈現出不穩定的動向。對小徑單車而言很危險的排水溝蓋及柏油路隆起使車身跳了起來，令小熊捏了許多次冷汗。而這些狀況，都是椎在看後方時發生的。

若是禮子與Hunter Cub的話，她會暗自覺得不要緊而無視掉；但將纖細如人類手指的鐵管組合成梯形的Moulton車架，一旦摔進混凝土排水溝裡，感覺便會受到無法修復的創傷。椎本人看起來也並不那麼強健。

椎乖乖採納了小熊的建議，騎車時讓視線集中在前方。至於講不聽還在後面鼓譟的禮子，小熊則是從旁踹了一腳，阻止她愚蠢的行徑。

由於效果不彰，小熊盤算著這次要踢到她倒車，這時卻已經抵達椎那個經營著內用烘焙坊的家了。

椎的父親張開雙臂，歡迎她們到來。禮子拿出椎所送的義大利條紋兌換券給他看，表示自己又來白吃白喝了。見狀，椎的父親把放在收銀檯前，採用了德國國旗顏色的免費咖啡券塞給小熊等人。

上次來到這兒的時候，椎以自豪的濃縮咖啡機泡了咖啡招待她們喝，而今天的準備工程似乎交給了爸爸。

儘管與歐洲阿爾卑斯風格的外觀及麵包不搭，椎的父親依然端出了淺焙美式咖啡。這杯飲料配合了內用的美式快餐風格以及椎母親的喜好，雖然顏色相當地淡，香味卻很濃郁。

椎對占據了窗邊座位的小熊及禮子說了聲：「稍等我一下。」便消失在店內的收銀檯後方，直接衝上樓去。

隨即回來的椎手上拿了一件開襟衫。原本頗為期待的小熊，臉色變得稍微險峻。

那確實是件白底格紋的羊毛衫，可是不但骯髒，觸感也僵硬，還黏答答的，並且有點臭。感覺就像是穿在油漬滿天飛的工廠當工作服一樣，扔在垃圾場的舊衣服都沒有如此糟糕。

小熊就這麼看著椎亮出一塊狀似開襟衫的破布。這時人在她身旁的禮子放聲喊道：

「這該不會是粗製羊毛吧？」

禮子從小熊以指尖惶恐地捏著衣服的手，一把搶過了那件骯髒的開襟衫，又是翻面又是觸摸的。

「好棒！我還是第一次親眼看到正牌貨！」

就在小熊有意催促禮子說明時，椎的父親代替她回答了。

「粗製羊毛——這是從羊隻身上剃下來後，僅做過最低限度脫脂處理的羊毛。在洛磯山脈或加拿大寒冷地帶活動的獵人，絕對不會信任以此種羊毛之外的材料製成的防寒內衣。」

禮子欣喜地拿衣服抵著身子說：

「那位世上最快的印地安機車主人——伯特・芒羅也是這樣！他是穿著紐西蘭羊毛衫去跑博納維爾鹽湖，而非採用了最新素材的賽車服！」

雖然知道了這件開襟衫好像大有來頭，可是小熊依然提不起勁穿它。它不但又臭又髒，更重要的是不像機車騎士的衣服。

儘管內心如是想，小熊卻捏了捏自己的機車夾克。椎對著這樣的小熊說：

「就利用這件開襟衫製作妳的夾克內裡吧。裁剪下來的剩餘布料，再來做禮子的手套。」

椎轉頭望向父親，問了一句：「可以吧，爸爸。」於是她父親聳聳肩回應道：

「我買來就只穿過幾次而已，每次清洗就有許多諸如上油之類的麻煩事要做。如果有人願意接收的話，我很樂意出讓。」

在小熊耳裡聽來，椎的父親就像是在說「妳有辦法好好駕馭它嗎？」一樣。

小熊拿起沾了油脂的開襟衫說：

「這個我要了。」

## 26 門路

小熊收下了並未脫脂的羊毛開襟衫。那比起同學穿在制服上的輕薄開襟衫要重。

儘管內心不太願意，小熊仍是穿上了這件有點臭的衣服。確認合身後，她脫下來遞給了椎。

「咦？」

椎的臉上浮現出了問號。

「幫我用這玩意兒做內裡。」

雙手在身子前面不住揮動的椎說：

「呃？我還以為妳會裁縫呢。感覺妳對機車保養也很清楚。」

小熊不明白為什麼縫紉會跟修理機車爆胎及更換機油相提並論。在不熟機車的人眼中，會做那些事情是否看似擁有一雙無所不能的魔法之手呢？

「我不會。」

聽聞小熊回以這句話，椎困惑地轉頭望向身後。

「爸爸！」

椎的父親，也和女兒以相同動作揮手說道：

「沒辦法，我頂多只會縫釦子，妳媽媽也不會。」

椎向禮子投以求救的眼神。

「咦？衣服這種東西不是按照數字去裁剪再黏合起來就好了嗎？」

看來這邊也不行。她並不曉得，服裝紙型的線條和機械零件不同，是以無法數字化的曲線所構成的。還有，網購時常可見的衣料修補接著劑，在受力部位一點用也沒有。

羊毛內裡這個禦寒對策，在缺乏關鍵製作人員的情形下擱淺了。面對這個自信滿滿地主動提議卻可能無疾而終的狀況，椎整個人都消沉了下去。

小熊拎起那條被拋在咖啡廳桌上，顯得比桌巾還骯髒的開襟衫後，站了起來。

「我們現在到學校去一趟吧。」

椎抬起了頭，禮子似乎也有興趣。椎的父親詢問小熊說：

「妳是不是想到什麼點子啦？」

小熊拿著那件自己無能為力的開襟衫，回答道：

「雖然可能性稱不上高，但我有個比起把它送進焚化爐燒掉要好一點的辦法。」

禮子跑到外面去，把後箱從自己車上拆了下來。她們現在要來回學校一趟。配合腳踏車的速度騎，是趕不上的。

小熊問椎的父親是否有安全帽可以戴。

一紅一綠兩輛Cub，從椎家魚貫往學校前進。

騎在前面的人是禮子。她的後貨架，載著頭戴小熊那頂Arai經典款安全帽的椎。

禮子像是在享受著後方的椎放聲慘叫似的，無謂地驟然加速和蛇行著。小熊戴著椎在國中時期用的腳踏車安全帽，以自己的Cub在後頭追趕著。她的機車後箱，裝有那件也許會成為今後禦寒對策之關鍵的未脫脂羊毛開襟衫。

到了學校後，小熊進入教職員辦公室，尋找她要找的那位老師。雖然對方不在辦公室裡，不過根據貼在桌子上的行程表來看，她人似乎是在社辦裡。

小熊等人就這麼直接從辦公室走到社辦去。就小熊的記憶，那個社團因為沒有社員之故而休止中。擔任該社團顧問的老師，和小熊的關係不上不下，頂多只有在學貸諮詢時見過面的程度。

打開社辦的門一看，那位老師就在裡頭。她在空無一人的室內整理著資料。

「打擾老師了。我有事情想和您討論。」

在休社中的社辦獨自進行活動的顧問老師，被冷不防闖入的三人搞得驚惶失措。

小熊拿著開襟衫，言簡意賅地述說了目前身處的狀況。當她說「若無法將它修改成內裡的話，有可能會凍死」的時候，老師掛著一副覺得她太誇張的表情笑了。然而，對於機車騎士而言，凍死絕非天方夜譚。

無論是否要接下這個突如其來的請求，總之先看看材料再說——如此表示的社團老師，看見小熊若無其事地遞過來的衣服，臉上神色為之一變。這件開襟衫，採用了日本相當罕見的粗製羊毛。

當椎說「如果做不成夾克內裡就要丟掉」時，老師尖聲叫道：「太浪費了！」

這位手工藝社的老師願意接受小熊的請託。關乎到學生的身體及生命，自然也是其中一個理由。主要是喜歡手工藝的人，都盼望著自己的作品有機會實際派上用場，而非只是當成房間的擺飾。這些人很想在清楚顯現出物品性質的場合，實際證明優秀的手製品要比昂貴的現成品還卓越。

將已織成開襟衫，而非處於素材或布料狀態的羊毛重新做成內裡的工程，一下子就結束了。

手工藝老師在短暫的作業時間之中，對製造這件衣服的某個師傅致上敬意，同時以試圖勝過對方的氣勢挪動著手指。最起碼就小熊看來是這樣。

小熊的機車夾克被加上了胡桃木鈕釦。若要以凍僵的手來操作，這東西比拉鍊來得優秀。於是，開襟衫就變成了以釦子安裝在夾克之中的內裡了。接著老師拿小熊的皮革手套代替紙型，利用剩下的布幫禮子做了羊毛手套。

布料還剩一些，於是手工藝老師還替椎的保溫瓶做了個布套。她似乎是個一旦開始動手，不到材料用盡就不會罷休的人。

使用清潔劑洗過之後油脂會脫落，因此洗好必須把它泡在加了橄欖油的熱水裡——手工藝老師意欲教她們許多未脫脂羊毛的處理方式。向老師道過謝後，小熊離開了黃昏的教室。

汽機車不分新舊，養起來都很花工夫。這樣的人會異口同聲述說的，就是「要繼續當個車主，不可或缺的便是金錢和技術，以及各個管道的門路」。

不論是機車零件或保養知識，都不見得只有在網購或超商才能獲得。

如果還需要什麼其他的東西，隨時告訴我喔——手工藝老師如是說，並且揮著手。

在對老師鞠躬致謝的時候小熊注意到，自從開始騎乘Super Cub後，自己的人際關係變廣了不少。

小熊回頭望向身後，見到手套是以相同羊毛製成的禮子，還有拿著保溫瓶套的椎。

這些不知不覺便開始一塊兒行動的人，也算是人際關係的一環吧。

即使至今不喜歡與人打交道，不過為了Cub就也不覺得討厭了——帶有此種想法的小熊，穿上附有羊毛內裡的機車外套。

先前顯得既單薄又靠不住的玩意兒，如今十分溫暖。

## 27 義式奶茶

短暫的寒流平息下來後，初冬的北杜市回復了往年的氣溫。

與雪國或北國相異的甲府盆地，設置於百葉箱中的溫度計所測得的氣溫，和關東相差無幾。不同的地方在於，南阿爾卑斯的寒風所帶來的體感溫度，以及今後這股低溫將要正式發威。

藉由把羊毛內裡安裝在機車夾克上，小熊暫時解決了騎車時上半身會冷的問題。平常她會把拆掉內裡的機車夾克穿在西裝制服外頭，寒冷的日子或夜間騎乘時才會把內裡裝上。小熊能夠因地制宜地應付寒意了。

這個未曾脫脂的羊毛材質夾克內裡，是手工藝社的顧問老師以椎所送的開襟衫改製而成的。它比想像中還來得優秀。如果是冬季白天的氣候，只要將它穿在T恤或襯衫上頭，便會發揮出足夠的保溫性。

先前傾訴著自己雙手寒冷的禮子，也多虧了把手套及尺寸正合適的羊毛手套之賜，不再受嚴寒之苦了。如今羊毛手套已經和止滑手套一樣成了禮子的心頭愛，她會看情況拿來用。

獲得了剩餘布料所製成的保溫瓶套，椎表示咖啡變得比至今溫暖多了。保溫瓶中的咖啡根本不可能會受布套影響，那八成是包含了觸感及外觀在內的心理作用。然而，這令小熊再次體認到，儘管是合成素材有長足進步的現在，在嚴寒之地活動的人會選擇的羊毛，實力有多麼強大。

和冬季低溫這個強敵的戰鬥告一段落後，小熊和禮子的Cub生活稍稍找回了平穩。

若要說有什麼改變，那便是她們倆開始會在放學或假日，到椎家所經營的烘焙坊之中的咖啡廳去了。

她們也收下了就算每天用，好一陣子也用不完的免費咖啡兌換券。明明就是去喝免錢的，幾天沒過去就會被椎給催促；而每次上門，椎的父母都會以試吃新菜單的名目，請她們吃三明治或是派。

椎似乎正在進行著，把「設置於提供德式麵包的英式烘焙坊裡的美式快餐店風格咖啡廳」變成義式咖啡廳的計畫。從前她的領土只有濃縮咖啡機一個，而今店裡四張鋪著格紋桌巾的桌子，其中靠窗邊的那張已經成功替換成紅色的麻布桌巾，感覺像是小熊與禮子的專屬座位。

白色濃縮咖啡機、紅色桌子，以及椎在店裡所穿的綠色半身圍裙——義大利線條配色就此湊齊，椎占領咖啡廳的計畫推動得大致順利。

彷彿像是忘掉現在才剛剛邁入冬天，又或是刻意視而不見的傲慢日常，在無情的天氣預報之下迎向了終點。

隆冬的寒流，會令最低氣溫接近零下十度。和上次牛刀小試般的短暫低溫不同，這次會持續好幾天。

以收音機聽著預報的小熊，並未特別湧現危機意識。實際上，雖然她覺得從家裡到學校的路要比平常還冷，可是託了把手套和羊毛內裡之賜，她並沒有感到難以忍受。

在停車場遇見的禮子，也多虧飛行夾克及羊毛手套，而露出游刃有餘的表情。她們自認為已經克服了南阿爾卑斯的冬天。

因為下午很早就放學，小熊等人決定在回程時前往購物。

當她們倆想往外跑又沒有特定目的地時，首先會到位於中央市的中古機車用品店。它和舊書店體系的二手商店及大型賣場比鄰而居，因此只要到那兒去，就能找到想要的東西。

只有一輛Moulton腳踏車的椎顯得很羨慕。中古車行後方有一座改裝了倉庫而成的大型進口雜貨店。對椎來說像是金山銀山的這家店，只能利用父母的汽車前往。

椎表示，自己會在店裡泡溫暖的咖啡等她們來。把這樣的椎留在學校後，小熊跟禮子騎著Cub上路了。

這個深灰色的陰沉午後，氣溫沒有攀升的跡象。在南阿爾卑斯所吹來的冰冷寒風之中，小熊及禮子來到了甲州街道。小熊回想起，今天只有緩緩騎在從家裡到學校的縣道上，沒有以身在幹道時的巡航速度騎乘。

行駛中的機車，會暴露在風雨之中。上半身承受著與颱風或暴風雪相等的風壓，小熊不禁冷到發抖。

禦寒衣物這種玩意兒，一旦超出了極限，便會極其輕易地舉白旗投降。面對這股有如比冰塊還涼的膠狀物滲入體內並糾纏不去的寒氣，羊毛內裡才做好短短幾天就派不上用場了。

總之，小熊咬緊了無法順利咬合的牙關，忍耐著這股寒意，騎車衝進機車用品店的停車場。到中央市來購物時，她經常會選擇這家店。

車子停下來後，小熊終於不用再被行駛時的強風吹拂，可是身子依然抖個不停。超越飛行夾克極限的低溫，也讓禮子露出了一臉無精打采的模樣。

好不容易下車的小熊，抓著禮子的手朝店家反方向的停車場邁步而去。在毫無防備的狀況下突然受到寒氣侵襲，小熊所想到的解決方式就只有先活動身體。

兩人在與機車停車場相鄰的廣大汽車停車場繞了一圈，身子終於暖和起來了。小熊開口對禮子說：

「是不是只能選擇裝那個了呢？」

禮子似乎立刻就明白了小熊所指的是什麼，但她卻搖了搖頭。

「才不要。如果要在我車上裝那種東西，我寧可在冬天的期間封印Cub。」

「我也不願意裝。那個二手的依然很貴，根本買不起新的。」

結伴進入機車用品店的小熊與禮子，不發一語地直接前往某件物品的賣場。

她們爭先恐後地向人正好在附近的店員詢問。

「不好意思，請問你們有進Super Cub用的擋風鏡嗎？」

這裡是負責販賣整流罩和儀表遮風鏡等機車外觀零件的專區。小熊和禮子記得，這裡幾天前有賣二手良品擋風鏡。

這個透明樹脂製造的擋風鏡，是裝在Cub前面的東西。自從她們倆開始調查Super

Cub的禦寒對策以來，這是網路上其他Cub車主最常提到的工具。

不少在冬天騎乘Cub的人，皆異口同聲地宣稱它是最佳防寒配備。同時也是小熊基於價格高昂，而禮子則是以外型不佳為理由，兩人拒絕安裝的東西。

雖說Cub零件流通廣泛，但在中古用品店也不見得一定能獲得自己心儀的東西。店員一臉過意不去地告知她們說，這項商品在數天前還有，只是已經賣掉了，目前店裡沒有存貨。

「真讓我鬆了口氣。萬一店裡有擺，我說不定會一時鬼迷心竅買下來。」

「我也有可能不顧後果地花下大把鈔票。幸好買不到。」

面對逞強的二人，店員詢問是否要從其他店鋪調貨。

小熊和禮子互望著彼此，而後皆搖頭拒絕。

在沒有其他值得一提的收穫之下，她們倆離開了機車用品店。見到感覺依然寒冷的天色，兩人想到當吹起徹骨寒風時，今後也必須在此等低溫中回去，便後悔地心想：早知道就不要回絕了。

風勢變強，回程比來時路更加冰冷了。小熊與禮子騎在這樣的路上，猶如逃離魔物似的衝進椎的烘焙坊裡。

椎在制服上圍著服務生風格的半身圍裙，利用濃縮咖啡機的蒸氣噴頭，泡了一杯名為Tè al latte的義式奶茶，給全身上下每個地方都像是被冷凍過的小熊與禮子。

這杯香甜又濃郁的奶茶，裡頭有義式渣釀白蘭地的香味。喝了一口後稍喘口氣的小熊，向禮子問道：

「妳要裝那個嗎？」

禮子大口將熱騰騰的奶茶一飲而盡，導致嘴巴有些燙傷。向椎要求續杯的她，露出一副好了瘡疤忘了痛的模樣，說道：

「不了，我還是不願意裝。」

椎也替小熊的杯子重新添了奶茶，於是小熊將自己冰冷無比的手伸向椎的脖子代替感謝的話語，讓她跳了起來。這時，小熊說：

「我也是，假如買下來的話，這個月手頭會變得很緊。」

把不鏽鋼托盤抱在胸前的椎來到小熊等人這邊，加入了話題。

「那個……如果妳們很猶豫，那試裝看看不就好了嗎？」

不久前才買咖啡機的椎，也遇到類似的狀況。她在文化祭用過借來的咖啡機，才明白真貨和至今利用美式機器模仿義式濃縮所泡的贗品有何不同，因此花了一筆存款買下業務用的中古整新品。

小熊喝了口義式奶茶說：

「請讓我騎一騎加裝了擋風鏡的Cub——我沒有認識的人會願意傾聽這種任性的請求。」

「有！」

邊聽著小熊和椎的交談，喝著義式奶茶的禮子冷不防地站了起來。

小熊掛著半信半疑的表情，看著禮子問：

「什麼時候？」

禮子抓起擱在隔壁座位的安全帽，說道：

「立刻過去八成也沒問題。」

小熊喝光了剩下的奶茶，從位子上站起。

兩人前一刻還不想離開暖呼呼的店裡，現在卻一副隨時都想衝出去的模樣。椎露出啞然無言的神情，看著這樣的她們。

小熊把一張免費兌換券交給請她喝了一杯溫暖茶飲的椎，而椎又把看似印表機製成的一疊優惠券塞給她，並說：

「妳明天也會來，對吧？」

小熊望著窗外，答道：

「假如天氣像今天這麼冷的話。」

小熊跟禮子向人在櫃檯後方的椎父親草草打過招呼後，便走出了店裡。

兩人聽見椎望著她們的背影，喃喃說著「真希望下雪就好了」這種對機車騎士而言無法等閒視之的話語。

戴上安全帽的小熊發動車子引擎，跟在禮子的後面。

她有好一陣子都沒察覺，外頭的天氣非常寒冷。

# 28 試騎

禮子騎出椎家的Hunter Cub，不到五分鐘便抵達目的地了。

那兒是小熊也很熟悉的地方——亦即位在學校附近的信用金庫。她在這裡有個學貸撥款戶頭。

小熊還記得另一件事。剛騎Cub不久時，她為了原廠狀態下堆不了東西的車，找過可裝在車上的箱子。而這間信金的課長——禮子喊他為叔叔——免費送了一個從預定報廢的業務車輛取下的鐵箱給小熊，她直到現在都還在用。

將車子停在信金前的機踏車停車空間後，禮子便想直接戴著安全帽走進去，於是小熊從後方拉住她，讓她把帽子脫下來。

儘管底下穿著高中制服，禮子的外表卻是美軍現行飛行夾克配上PALLADIUM的戶外靴。要是再加上頭戴安全帽的話，被當作是可疑人物也不奇怪。

窗口即將關閉的信金，有個和禮子打過照面的內勤人員，對方幫忙叫了課長過來。平時跟ATM領不出來的金額無緣的禮子，如果拿著什麼武器便是要動手搶劫，而兩手空空時則是要辦和錢無關的要事——那個人似乎明白這點。

信金牆上貼著針對資產家的投資商品宣傳海報。望著感覺一輩子都和它無緣的宣傳物，小熊心想自己的情形也相去不遠。她以指尖捏了捏自己稍微穿舊了的機車夾克。

不過，騎車時的衣物能兼具將來非搶銀行不可時所穿的服裝，並不是件壞事。

課長單手拎著放有掃具的水桶，從信金裡頭一間小熊等人沒機會進入的商談室出來了。見到他，禮子一個勁兒地述說來意。

「叔叔，借騎Cub。」

內心焦急的禮子，其語言能力跟不上腦袋的思考。於是小熊代替她做了補充說明。目前正反覆摸索Cub過冬對策的她們，聽說有擋風鏡這種優秀的配備，可是卻難以下定決心購買，因此想騎騎看有裝上它的車子——如此告知後，課長雖露出了理解的模樣，臉上卻稍有難色。

「嗯——這完全不打緊，而且我也認為應該要這麼慎重才對，但我們的業務車輛都外出了。雖然Cub有是有啦，不過……」

課長吞吞吐吐地帶小熊和禮子到店面後方的停車場去。的確如他所言，一輛業務用的輕型車與Super Cub都沒看到。當小熊這麼想的時候，便發現放置業務機車的鐵皮圍欄一角，停著一輛Cub。

那輛藍色機車儘管顏色和小熊的Cub有所不同，但後面裝有鐵箱，還設有前置車籃及把手套的部分是一樣的。而它在轉向把手前面，裝著一個半橢圓形的透明擋風鏡。

這輛隨處可見的信金業務Cub，外觀看起來沒有異常狀況，小熊找不到課長遲疑不借的理由。他是不是接下來有事要拿去用呢——在心中如是想的小熊身旁，蹲下來看車的禮子開口詢問課長說：

「這輛車出過車禍對吧？」

課長搔抓著頭髮相當稀疏的腦袋瓜說：

「妳果然看得出來啊。是我們的年輕人被卡車給撞到，使車子骨架都歪了。機油蓋似乎在倒車的時候飛掉，導致他在機油漏光光的情況下騎了好一陣子，結果缸頭和汽缸都毀了。」

引擎底下的地板鋪著一張老舊的玄關地墊，上頭有著漏油的汙漬。禮子望著它，開口問道：

「它沒辦法跑了嗎？」

「不，騎短程的不成問題。可是不但會很吵又會噴黑煙，馬力和極速也都下滑了不少。反正再過不到一年就要報廢了，所以擺在這兒當備用車輛。」

禮子對課長伸出了手。

「鑰匙借我。」

課長似乎認識禮子很久，露出一副死心放棄的模樣，把附有塑膠吊牌的車鑰匙遞給了她。

禮子和小熊將交互試騎這輛裝有擋風鏡的Cub。確實正如課長所說，這輛車的外表和配備很漂亮，可是裡頭的毛病還不少。引擎不斷發出喀喳喀喳的異音，極速還大約只有小熊那輛車的九成。儘管車況如此，去幹道試騎的小熊依然體會到，附有擋風鏡的Cub處在天寒地凍和北風之中會是何種情形。

向課長道過謝後離開信金的小熊，騎上自己未安裝擋風鏡的車，說道：

「怎麼辦？」

跨上Hunter Cub並把手伸向前方，禮子確認沒有任何事物可保護自己不受風壓侵襲，回應道：

「我已經決定了。」

小熊也已打定主意了。就在方才她在那輛借來的Cub上，轉動節流閥把手的瞬間。

「妳之前說過那很矬。」

禮子想像著自己的車裝上擋風鏡的模樣說：

「性能優異的東西就是帥氣。妳不也說自己沒錢嗎？」

小熊伸手碰觸放在機車夾克底下西裝制服口袋裡的口金包，說道：

「從明天起到學貸撥款下來為止，我只要靠白米和調理包過活就行了。」

這樣呀——禮子僅如此回應，便驅車上路了。她很清楚在機車的世界當中，為了購買車體或零件，不惜經常啃吐司邊度日的傢伙並不稀奇。

她們兩人今天第二次騎在通往中央市的道路上。平常這路途總像是稍微到附近走走一般，什麼也不用想就能騎。然而，如今距離目的地卻十分遙遠。並不是因為寒冷，而是自己想要的東西就在前方，她們感覺隨時都會有人搶先買走的關係。

平日騎在這條路上，便會注意到聳立於正面的富士山，以及從南阿爾卑斯山麓進入甲府盆地後變換的氣候。而今她們倆眼中只有道路，完全沒有關注到周遭。

進入中央市的中古用品店之後，小熊與禮子逮到了一個店員，並向對方詢問擋風鏡的庫存情形。這間店果然還是沒有，但就在搜尋過後，她們知道了其他間加盟連鎖店有在賣的事情。

有兩件只用過數次的極品。價格還比禮子事先以手機查詢時看過的機車用品購物網站便宜。

小熊及禮子當場訂了那些擋風鏡。被店員問到是否要宅配到府，不過會晚兩天才能拿到，她們便告知對方要親自店取。小熊拿著不久前才從信金統統領出來的錢，付完訂金後收下訂貨單。

她們倆一塊兒走出了店裡。花大錢買東西之後的心情，就像幹了一票無法無天的罪案一樣——心中懷抱此種念頭的小熊，想找個話題跟禮子聊聊。

「那輛Cub的擋風鏡很不錯，狀況卻很糟糕呢。」

禮子好像也同樣情緒高昂，只見她硬是擠出笑容，說：

「它很快就要報廢了，不如妳去收下來？」

被禮子這句玩笑話影響，小熊也不禁噗哧一笑。

「只有傻蛋才會想要那種Cub。」

兩人邊笑邊騎車。只要笑出來就不會冷了。裝上擋風鏡之後，就再也不用像這樣子受凍了。

她們倆笑個不停。

# 29 擋風鏡

小熊和禮子所訂的擋風鏡在後天送到了中央市的店鋪。

她們倆等不及放學，就騎車到店裡去拿了。椎認為，區區擋風鏡不過是一項輕機的零件，既不會令速度變快，也不能拿來做咖啡。這玩意兒竟讓她們興奮成這樣，她感到無法理解。

兩輛Cub一前一後騎在通往中央市的道路上。為什麼去購買期待已久的東西時，會不在意平時所感覺到的寒意呢——兩人腦中帶著這樣的思緒，在幹道上疾馳如飛。

右手邊可以看見將冷冽寒風吹到北杜鎮上的南阿爾卑斯群峰。小熊側眼望著銳利如劍的甲斐駒岳，心想：

倘若這座山要對我們施予酷寒的考驗，那麼我就要學到排除它的方式。不久之後，它就將化為可能。阿爾卑斯群山想必正從高處眺望著畏寒的我們發笑。屆時就能一如字面描述，擺出雲淡風輕的表情望向它了。

想著這些愚蠢透頂的事情騎車，會導致注意力散漫。這樣簡直就像禮子一樣了——

心中如是想的小熊面向前方。看著左手邊八岳的禮子，似乎也有同樣的想法。

騎在上行方向的甲州街道，可以正面看見富士山。小熊望著群山環繞的甲府盆地，尋思：也許是這些山脈將自己培育成一名機車騎士的。

抵達商家並收下貨物的小熊與禮子，在停車場裝起擋風鏡。

拆掉固定轉向把手的下方螺帽，裝上擋風鏡的支柱，再把螺帽重新鎖好。接著安裝主體，以壓釦把塑膠製的擋風鏡固定在底下。

這並非特別困難的工程，因此小熊使用機車後箱所擺的千圓工具組就綽綽有餘了。小熊覺得舉凡像是鎖緊螺絲的方式或作業姿勢，Cub教了她不少整修保養的事。

和人在停車場的小熊等人有些距離的空間，前幾天在更換化油器零件的年輕車手，這次正在調整前叉的機油量。看他在動工的空檔對雙手呼著白氣，便可以知道今天的氣溫也挺低的。

小熊看著裝在自己車上的擋風鏡。花了不少錢買下的配備，當真能夠成為禦寒對策的關鍵嗎？事到如今，她才感到不安。小熊側眼望向禮子，發現她反覆調節著角度，一副很在意看起來帥不帥，絲毫不介意低溫的樣子。

確認完彼此車上的施工處之後，小熊和禮子收起工具，跨上各自的Cub。除了她們目前所在的中古機車用品店之外，四周還有二手商店和大賣場等提供日常生活所需的店家。若是平常，兩人會統統逛過一圈，但如今的小熊和禮子彼此都很清楚最該優先進行的事項為何。

兩人發動機車引擎，離開停車場。位在她們身後的那個年輕車手似乎發現了前叉油理想的液面高度，一副忘記寒冷似的動著手。

就禮子覺得，這間中央市的機車用品店不僅是周遭有各種店舖聚集，還不缺試騎的地方，因此很不錯。原以為自己和方才停車場那個年輕車手的行徑無緣的小熊，讓禮子的Hunter Cub走在前面，同時自然而然地騎向附近開通沒多久的環狀道路，而非回程的幹道上。

在縣道騎了一下，小熊認為這樣的速度感受不到加裝擋風鏡後的差別，便把車子騎進了環狀道路。

這裡路幅寬闊、鋪裝良好，而且鮮少看見其他車輛。小熊心想「這種路應該會令禮子垂涎三尺」，便轉動了車子的節流閥把手。

她很清楚，自己臉上掛著笑容。

小熊的Cub，直到數個月之前都還是第一種輕機。她的車速不斷提升，轉眼間便超過當時的速限，讓儀表板指針越過了頂點。如今已透過登錄變更的手續變成第二種輕機的Cub，當小熊還以為距離法定最高限速仍有餘裕的時候，車子一眨眼便攀升到那個速度了。截至昨日為止都無法騎出來的速度，並非基於對高速的恐懼，而是因為難熬的刺骨寒風。言語不禁從小熊的口中流瀉而出。

「好驚人。」

這塊透明的半透明橢圓板，尺寸大約是能夠抱在胸前的大小。僅僅不過如此的東西卻能發揮此等效果，若非實際騎過裝有擋風鏡的Cub，八成無法置信吧。

就複數的Cub車主經驗談表示，體感溫度會相差到五度以上。許多在冬天需要騎著Cub工作的人，都舉出這面擋風鏡是「絕對」必要的配備。

小熊看向儀表板，發現她的速度足以超過其他在環狀道路上的車輛了，卻感覺不到風。體感溫度真的和下車步行時沒有兩樣。來此處之前還覺得冷而穿在西裝制服上的羊毛內裡夾克，甚至都令她有種多餘的感覺了。

「好棒！好棒！好棒！」

這份戲劇性的變化，只能以驚嘆呈現。才想說禮子不知有何感想的時候，就聽見她

「呀呼——！」大吼一聲，追過小熊的車子。

她們倆繞到一些凜冬來臨後暫時避免前往的地方，接著才回家。冬季的黃昏來得較早，氣溫又會隨之降低，但在高昂的情緒相助之下，她們並不覺得寒冷。搞不好要比盛夏中午騎在外頭還來得輕鬆許多。

小熊與禮子迄今的防寒對策，是一連串的試誤。在這段期間之中，小熊曾因裝在夾克的羊毛內裡而自以為制伏了冬天，驕矜自滿的結果便是遭到更強的寒意給打臉。

不過，她覺得這下子可以驕傲無妨了。自己終於從寒冷當中解放了。

今後南阿爾卑斯冬天更進一步的低溫、積雪、路面結凍等將會持續折磨她們倆到最後一刻吧。即使如此，小熊甚至期待起和這些強敵的交鋒了。

克服艱辛的寒冬，會感到極為舒爽且有趣。原以為冬季時只是束縛著小熊的Cub，竟是如此滿溢著可能性。

## 30 下雪

當月曆來到十二月的時候，小熊的Cub安裝擋風鏡後，大幅改善了寒冷問題。Cub上頭原本就有名為護腿板的白色樹脂護罩，抵擋吹向下半身的風。藉由兩者組合之下阻絕了騎乘時的風壓後，禦寒衣物只要目前手上有的衣服就夠了。

禮子的車子並未配備護腿板，剛開始的時候就像擋風鏡一樣，她嚷嚷著很矬，最後卻不敵寒意，從過去所騎的郵政Cub零件裡翻找出護腿板，再進行各方加工裝了上去。

變冷的速度要比往年慢，溫度還沒低到會下雪的氣候。不太常降雨的山梨也有下過如同秋雨餘威般的雨，擋風鏡也會在那樣的日子發揮效果。

小熊在外頭遇上了既非小雨也非豪雨，雨量普通的狀況。她先是猶豫著要不要穿起後箱裡的雨衣而騎了一陣子，之後透過目視和鏡子望見自己的身影而嚇了一跳。明明騎了一個鐘頭左右，卻只有安全帽和手臂外側稍稍淋濕，夾克本身還是乾的。

小熊在讚嘆著擋風鏡的效果之餘，心想必須注意水珠附著在上頭妨礙視線的情形。儘管白天不怎麼讓人在意，可是太陽下山後它將會反射人造光芒，導致看不清前方。

禦寒對策就在購買了擋風鏡之下告一段落，小熊及禮子不再承受到寒冷的負擔，能夠以和夏天或秋季相同的頻率與距離騎車了。

為了添購這項裝備，小熊幾乎耗盡了戶頭裡的錢。她做好了在下個月學貸撥款前，食物只能控制在最低限度的心理準備。過去她都依賴著調理包，一週開伙一到兩次。然而，透過增加自炊次數，總算是勉勉強強讓她過著餐桌並不顯得寒酸的生活。

騎在不再造成負擔的Cub上，帶著不足以購買調理包的錢，小熊到處尋找盡可能便宜一點的食材。藉此她得知，自己所居住的山梨，意外地是個食材眾多的地方。

不光是果實或高地蔬菜這些山梨縣名產，甲府在歷史上身為日本海及太平洋海產所聚集的物流據點，魚類也是豐富又便宜。

不僅超市，個人商店、蔬果商或是路旁的直銷處，都有在賣秋季收成的蔬菜水果。當小熊騎著Cub去買的時候，也許是從外表就看得出來她過著簡樸生活，店家經常會多附點東西給她。

小熊感謝著Cub，並認為可以感激這個剛開始冬天寒風刺骨的山梨之地。正如同關東甲信越這個稱呼，這裡在氣候上比起東北或北陸地區更接近關東，因此和大雪無緣；與關東地區相比又因為空氣乾燥，平原不太會產生夜晚路面凍結的狀況。

不久前，南阿爾卑斯吹來的風還是可恨的敵人，但它卻打造了一個對輕機騎士來說易於居住的市街。小熊心想，能在這個地區騎乘Cub真是太好了。她開始覺得，被母親拋棄的身分儘管不便，或許卻也未必不幸了。

這天小熊也在放學後騎車到處跑。既然把娛樂預算統統花光光了，那麼就只能出來騎車了。而且，Cub讓她怎麼騎也騎不夠。

禮子說隔壁縣有稀奇的零件，於是她一放學便騎著Hunter Cub衝過去了。

小熊望向天空，只見一整面陰天。那並非是會忽然下雨的烏雲，而是一整片更加白皙均勻的雲朵。小熊近來出門騎車時，回程經常會到椎家的店裡去。剩餘油量令人有點不安，而且似乎趕得上他們家打烊時刻，因此小熊踏上了通往北杜市的歸途。

小熊在加油站把油箱加滿再到椎家去之後，椎的父親便代替出門不在家的她，招待了一杯夏威夷科納美式咖啡。

儘管苦味濃厚，卻也感覺得到獨特的甘甜。面對喝著咖啡的小熊，椎的父親說：

「今天的天空，就好像德國北部一樣呢。」

由於小熊對德國既不清楚也沒興趣，因此敷衍地應聲之後，便把話題轉到椎身上。

據她父親說，椎為了把店裡的咖啡廳改裝成義式風格，跑去韮崎買義式烘焙咖啡豆了。

或許是受到了小熊等人的影響，最近椎會騎著腳踏車到處跑。話雖如此，憑椎嬌小的身軀，頂多騎到鄰近的大城鎮——韮崎就是極限了。

感覺椎終於喜歡上那輛最初只是被硬塞，不用花錢所以才騎的Alex Moulton腳踏車，椎的父親感到很開心。對此，小熊說：

「我好幾次都看到她騎得有點危險。也許叮嚀她小心一點會比較好。」

椎的父親面露難色。看來他不喜歡對女兒囉哩囉嗦。

道過咖啡的謝之後，小熊離開店裡，騎在黃昏的路上回到家中。

一吸氣，鼻腔深處便有種冰涼的觸感。陰暗的天空，送來了不同以往的寒氣。

隔天早上，小熊在公寓醒來之後，發現外頭下雪了。

31 曼波舞

小熊拉開窗簾看向外面，發現雪好像是從半夜開始下的。由窗戶看過去的地上，積滿了皚皚白雪。

第一場雪劈頭就下這麼大嗎——心中這麼想的小熊看著手機，見到學校傳了郵件過來。今天似乎要停課了。

外頭的路上有裝了雪鍊的巴士在行駛。從日野春車站到學校所在的舊武川村中心地帶有個必經的日野春七里岩。那輛巴士能不能爬下那裡的坡道都很難講。

即使是這陣子添購了裝備，已進行對策來舒適地跨越寒冬的Cub，實在也沒有辦法在這陣大雪之中行駛——如此認為的小熊，不禁迷惘起今天這個假日該如何度過。

若是平常，休假的時候她會騎車往外跑。邁入冬天以來令小熊頭疼的寒冷問題獲得解決後，這幾天她四處跑的頻率更是增加了。

今天沒辦法騎車。難得才在昨天花了手頭上所剩無幾的錢把油箱加滿，以為好不容易克服掉的冬天，仍然在扯小熊的後腿。

脫下睡衣沖了個澡，小熊身上僅穿著一件T恤，站在狹窄套房的廚房前面。昨晚洗好的米，正放在方形的煮飯神器裡泡著水。

把冰涼的飯盒放在瓦斯爐上點火的小熊，開始準備吐司和即溶咖啡來當早餐。

小熊將自己煮的蘋果醬抹在未烤過的吐司上頭，再配著香甜的咖啡歐蕾一塊兒吃的時候，手機響起了。是禮子打來的電話。小熊咀嚼著吐司，按下接聽鍵。

「妳馬上過來！」

小熊品嚐著自己也覺得做得不錯的蘋果醬說：

「我不要。」

沒辦法騎車導致積了一肚子火的小熊，待人的態度自然而然地苛刻了起來。廚房裡正在加熱的飯盒，斷斷續續地冒著蒸氣。

「別這樣，快來！有個超好玩的東西呀！」

電話被單方面掛斷後，同時響起了收到郵件的聲音。儘管味道和香氣都不如椎所泡的卡布奇諾，不過對於提不起勁做任何事的早晨，這杯即溶咖啡歐蕾恰恰好。小熊邊喝著飲料，開啟了郵件。

看見信裡附加的圖片，下一刻小熊就站了起來。飯盒在廚房瓦斯爐上頭噴著熱氣。

小熊撥了通電話到禮子的手機，僅講了一句話就掛斷了。

「我現在過去。」

小熊把吐司跟咖啡歐蕾塞進嘴裡，在T恤外頭穿上了牛仔夾克、長褲，以及附有羊毛內裡的紅色機車夾克。她將手機與錢包裝進黑色PORTER腰包後掛在肩上，再套上軍用襪。

她看向睡覺時也不取下的卡西歐數位錶，知道已經是白飯該煮好的時候了。小熊把飯盒從瓦斯爐拿下來，裝進百圓商店的便當保溫袋裡，同時一塊兒將湯匙和麻婆豆腐蓋飯調理包放了進去。拎著一個便當袋的她，在玄關穿上皮革短靴。

既然得外出到下午，那麼小熊就不想浪費錢在外面找東西吃。而且，她也完全沒有在上午回家的意思。

由玄關走到外面，小熊看見地上殘留幾道足跡。這棟女性專用公寓住著許多女工，即使學校放假，也有人沒得休息吧。那些腳印，看起來就像是連這種下雪的日子都要被迫出門工作的上班族拖著腳步走所留下的。小熊踩著輕快的腳步踐踏那些痕跡，走向自己的車子。

外頭的雪已經漸漸止歇，藍天露出臉來，氣溫也不怎麼低。堆積在Cub上的雪並未凍結，用手一撥就掉了。

拉起阻風門拉桿並腳踩發動引擎的小熊戴上了安全帽。考慮到會被雪弄濕，小熊手上所戴的並非皮革，而是棉布止滑手套。跨上車子的她，騎到積雪的路上去。

即將融化的冰沙狀白雪，刻劃著許多道汽車胎痕。要在這樣的道路上騎車，意外地困難。

無論是灌油門或拉煞車，輪胎都會打滑。小熊把雙腳放到地面，緩緩騎下從車站延伸至甲州街道的日野春七里岩坡道。半途好幾次險些摔倒，令她捏了一把冷汗。

騎下坡道的Cub，每當煞車時後胎就會左搖右晃，於是小熊便以雙腳抑制。後輪像這樣在爛路或賽車場呈現不穩的模樣，老車手似乎都稱它為「跳曼波舞」。小熊對曼波這個詞本身一無所知，不過大致明白那是什麼樣的舞蹈。應該就是像這樣左右扭腰吧。車體又快要往旁邊滑掉了，小熊連忙踏穩腳步。

以女生來說身材中等的小熊，於夏天考取中型機車駕照時，在倒車扶起和推車走路的課程中吃了一些苦頭。雖然她有怨恨目前已消失無蹤的母親怎麼不把自己的體格生得再高大一點，但人類只要有跨在Cub上雙腳可以著地的身高，就足以過活了。

小熊腦中浮現出比自己矮了許多的椎。那女孩就算騎Cub，雙腿也一定無法接觸地面而搖來晃去。如果不是座墊高度比小熊的車子低了幾許的特製Cub，八成騎不了吧。

小熊利用想事情來舒緩下坡的緊張，途中她發覺到椎已經有了一輛Alex Moulton的小輪徑單車，根本沒有騎乘Cub的可能性了。與甲州街道交叉的牧原十字路口號誌，出現在小熊眼前。由這兒到禮子的小木屋，一路都是上坡。

和日野春七里岩的下坡相比，上坡雪徑相當好騎。下坡減速時必須拉煞車，但爬坡只要靠油門就能控制速度。

輪胎抓地力也因上坡傾斜導致後輪承重增加的關係而有所好轉。小熊讓不久前還放在地上的雙腳踩在置腳桿上，檔位維持在二檔順利地跑著。

途中她經過了椎的家門前。提羅爾風格的內用烘焙坊今天似乎也有在營業，椎的母親所開的福特卡車停放在那裡，而父親的舊式迷你車則沒有看到。會是有事外出嗎？抑或是單純開去兜風了呢？

小熊曾聽禮子說過，那輛無論怎麼看都是實用小型車的迷你車，過去曾在世界拉力錦標賽當中，於積雪的賽道輕易超越其他大型的怪物級車輛，榮獲冠軍。

小熊比平時多花了一點時間，才抵達禮子住的小木屋。已經開始準備外出的禮子，望著小熊發笑。那張表情，就像是在沙坑玩耍的孩子一般。

蹲在Hunter Cub旁邊，不知道在給後輪安裝什麼的禮子，驕傲地亮出昨天專程到隔壁縣市去買的零件給小熊看。

在這種下雪的日子找小熊過來的她，所拿的是Super Cub用的雪鍊。

# 32 冬季的果實

禮子遞出繩梯狀的鐵鍊後，小熊伸手接了下來。

這個叫作雪鍊的東西，是積雪時用的止滑器具。

在不常下雪的山梨縣，它只會在巴士或卡車等業務用車輛看到。然而，即使是在雪胎相當進步的現代，雪國的幹道也經常會有管制，禁止未安裝雪鍊的車子進入。

小木屋前有一塊剷雪後露出底下水泥地的部分，車子便停在那兒。小熊在禮子的教導下，將雪鍊裝在Cub上。首先以鍊環串起捲在輪胎上的繩梯狀鐵鍊，再把彈簧鉤扣在鍊子上拉開它，手續十分簡單。

禮子在進行安裝檢查，因此小熊也查看起Hunter Cub上的鍊條拉得如何。她試著令輪胎空轉，看來是沒有碰到擋泥板等部位。

「妳是在哪裡拿到這種東西的？」

開口回答的禮子，眼神像是人在泳池畔，只想盡快跳下去玩耍的孩子一樣。

「我聽說相模原的報社要關門大吉了，所以想說去看看有沒有Cub的零件可拿，結果卻慢了一步。車體和零件都被別人拿走了，只剩下這種沉甸甸卻沒價值的東西。」

她臉上的神情就像在說「萬萬想不到這玩意兒會在隔天派上用場」。站在禮子的角度來看，大概就是「前往尋寶卻撲了個空之後，沒想到取而代之地帶回來的廢鐵，竟搖身一變成了寶物」這種心情吧。

只要有在養老舊的Cub，必然會和中古店或廢品店經常往來。在那些店家裡，偶爾會遇上這種事。

裝完雪鍊的禮子，立刻跨上自己的機車並發動引擎。難得小熊到家裡來，她卻連茶也不招待一杯。而小熊也不期盼那種東西。

小熊腳踩發動機車，同時詢問目前自己想向禮子尋求答案的問題。

「妳要上哪兒去？」

姑且一問的小熊，發現無須提問。禮子所指之處——由南阿爾卑斯山麓的小木屋抬頭仰望的高山，是一整片銀白色的世界。

「再騎上去一點，會有個很好玩的地方喔。」

語畢，禮子騎著Hunter Cub上路了。機車的後輪，揚起陣陣雪花。

小熊讓自己適應著不若平常的雪徑和上了雪鍊的Cub，同時追著禮子的車。

禮子並沒有騎很快。與其說她在顧慮小熊，比較像是「這條林道就只有混雜了汙泥的髒雪，要在這種地方享受Hunter Cub全速奔馳的樂趣，實在太可惜了」的感覺。

這裡是別墅有如住宅區般聚集的地帶。一輛汽車寬的林道留有疑似當地人的車所刻劃的胎痕，不過隨著海拔逐漸提升，那些痕跡都不見了。小熊和禮子的Cub在地上留下兩條細細的胎痕，一個勁兒地爬上山去。

開發作為別墅地的南阿爾卑斯山麓緩坡並不怎麼陡峭，就算是小熊那輛上了雪鍊的車，也只要掛在二檔便足以行駛。不過這是小熊騎乘Cub的感想，或許對徒步或開車的人來說，這坡度陡得讓人灰心喪志也說不定。

雪國配送郵件的Cub，似乎也是像這樣爬上遍布白雪的坡道，投遞那些運輸公司的四驅車輛都放棄的郵件。為此，廠商還有販賣施加了提高電瓶容量等變化的寒地規格Cub。

讓雪下到早上的雲朵和低氣壓似乎都已消散，一望無際的天空和上頭灑落的陽光，使積了雪的森林燦爛生輝。夏天綠意盎然、鬱鬱蒼蒼的森林看起來也很漂亮，但僅有冬天見得到白雪覆蓋的森林，這也讓小熊從未厭膩過。

禮子操縱著Hunter Cub，在四面八方鋪設的林道拐了好幾次彎，不斷往上攀爬。景色由於雪的關係產生改變，平時拿來當路標的招牌和建築物都看不見，因此看起來很像在這樣的林道迷路了。但也有可能只是迷途讓她開心得不得了。

兩人唐突地來到一處空曠的場所，那是接近半山腰的平原。起伏適度的地面，覆上了一層純白的新雪。

此處便是禮子的目的地一事，只要看向發出欣喜怒吼疾馳而出的Hunter Cub就會明白了。在此之前，小熊都配合著林道的地面控制著速度，現在她也把節流閥把手轉到底了。

小熊與禮子的Cub，彷彿兩頭野獸一般，馳騁在不為人知的雪原裡。

以安裝了雪鍊的Cub騎乘的雪地平原，令小熊深感興趣。

平時她會細心注意操控煞車及油門，避免輪胎發生和意外事故有直接相關的打滑現象，然而小熊今天卻會故意試著使它滑掉。失去平衡後，她摔倒在地——不，是刻意摔看看。柔軟的白雪接住了小熊，因此不怎麼痛。Cub也不像撞擊至柏油路面時那樣受到刮傷。

小熊透過雪面反射出的陽光望向山脈。遠處可見人工滑雪場。多虧自然降雪之福，狀況要比平時來得好的場地之中，可以看見如豆粒般的人正在滑雪。

這個砍伐掉森林並略顯傾斜的平原各處，有著如同沙漠裡的沙丘那般起伏。或許這裡也是停業後遭到遺棄的滑雪場。

小熊仰望著滑雪場心想：不斷反覆從滑雪場滑下來再搭升降機上去的滑雪者，簡直就像是滾輪裡的倉鼠一樣。比起那些人，我們要開心多了。禮子騎著Hunter Cub登上山丘後，模仿大曲道的方式滑了下來。

明明只是在雪中騎車，身體卻很燙。小熊脫掉了機車夾克及牛仔外套，只穿著一件T恤騎著Cub。熱氣由身體冒了出來。假若口渴的話，她會把下在山裡的純淨白雪拋入嘴裡。

騎車玩雪好一陣子，直到太陽高掛頭頂時，她們便吃午餐休息。禮子果然沒有帶便當來，於是小熊把飯盒裡尚有餘溫的麻婆豆腐蓋飯和她一塊兒分享。這算是代替雪鍊的錢。反正禮子也幾乎是免費取得的。

吃完午餐之後，下午她們又開始騎車滑雪。騎乘Hunter Cub的禮子與小熊並肩而行，同時問道：

「好玩嗎？」

「嗯，很好玩。」

兩輛Cub就這麼並排騎上雪丘。

「冬天很有趣對吧。」

禮子那輛馬力占上風的Hunter Cub，追過小熊的車子。

「只要有Cub，冬天就很有意思。」

小熊讓自己的車子左右蛇行，爬上直直騎去就有可能會失速的坡道。

她們倆像是麥昆的電影一樣，騎車從山丘上一躍而下。脫離大地束縛幾秒鐘的Cub掉了下來，直接橫倒在地。而小熊與禮子也在雪上打滾。

禮子丟了雪球過來。小熊把自己倒在地上的車子拉過來，而後轉動節流閥把手。空轉的後輪捲起雪花，灑在禮子身上。滿身是雪的兩人，昂首望著只有冬季才看得到的澄澈藍天，笑了起來。

日落西山後氣溫降低，雪也變得緊實堅硬起來，於是小熊和禮子便下山了。她們倆皆感到心滿意足。

小熊等人沒料到，這個以寒意和相對的開銷強加負擔給她們的冬天，會給予這樣子的回報。這個賄賂，足以令厭惡寒冬的她們改變心意了。

從明天開始八成又要忍受著寒冷上學或外出採購了，不過如果冬季品嘗得到這樣的果實，那麼也不賴。

回程上，禮子像是忽然想起似的說：

「話說回來，下星期開始就是期末考了呢。」

小熊也幾乎給忘了。在她開始騎Cub之前，高中段考對自己而言是一件大事。正因如此，只要一如往常地念書就能獲得一如既往的普通成績，此種符合期待的活動讓她厭倦不已。

如今迫在眉睫的期末考實在太過枝微末節，令她毫不在意。一旦把必要事項塞進腦中，就會得到所需的分數。假如這麼做能維繫擁有Cub的生活，她便不會感到特別痛苦或什麼。人生所不可或缺的刺激或快感，Cub會足足有餘地提供給她。

小熊與禮子帶著滿身白雪的模樣繞到椎家去。由於積雪之故整天窩在家的椎，出言抱怨兩人不帶自己一塊兒去，同時倒了杯溫暖的咖啡給她們。兩人就此稍喘了口氣。

「下次我也騎腳踏車去好了。」

小熊啜飲著摻有渣釀白蘭地的卡布奇諾，回答道：

「到時我們再一起去。」

今天的山路和下雪的平原雖然很好玩，但像是未打造護欄的天然清流等，有好幾個地方是椎嬌小的身軀有可能會掉下去的。如果是像禮子這種無謂地魁梧的傢伙，就算掉進溝渠裡，擱著不管多半也會自己扛著機車爬上來，然而椎有可能直接被沖走。

禮子拍拍椎的頭，說道：

「下次我載妳到甲斐駒的山脈跑一趟吧。反正有個恰好適合的專用座位呢。」

禮子所指的，是安裝在自己那輛Hunter Cub後方的郵箱。它的大小感覺可以把椎整個人裝進去。椎見到此景便臉色發白，躲在小熊身後。

隔天，小熊、禮子和椎三人開始聊勝於無地讀書準備考試，並平安無事地結束了期末考。

小熊考取機車駕照、教育旅行、禮子購買Hunter Cub、文化祭、與椎的相遇，以及冬天的開端——經過這些事情，高中二年級的第二學期正逐漸邁入尾聲。

# 33 寒假

小熊、禮子與椎三人合情合理地獲得了和輔導課無緣的成績，於是她們的寒假便開始了。

椎那個將自家內用烘焙坊改造成義式咖啡廳的計畫似乎已正式起步，只見她考完試後便一直巴著手機不放，邊數著自己的零用錢，同時瀏覽販賣咖啡廳用品的購物網站。

說到小熊，她並沒有什麼特別要做的事。禮子好像也半斤八兩。和孤苦無依的小熊不同，老家在東京的禮子在開始放寒假的第一天早上，便為了回家而離開山梨，不過她只有見了雙親一面並共進午餐，當天傍晚還是在椎的烘焙坊裡和小熊一起喝咖啡。

小熊眺望著迎來冬至後變得挺早的夕暮時分，將卡布奇諾送入口中。

寒假第一天沒能做些什麼大不了的事。考試前騎Cub上山玩雪，回家一看才發現車身滿是泥濘。在段考期間她沒有好好地洗車，因此仔細清洗並更換機油，再檢查各個部位的零件，就花掉一整天的時間了。

過去很快就會結束的洗車及日常保養工作之所以開始很花時間，理由在於必須替擋風鏡塗抹撥水劑，還有重新綁緊把手套等費工的地方增加；也有可能是因為她在作業空檔入迷地眺望機車，看Cub裝著親自挑選並自掏腰包購買的配備，以此來獲得自我滿足的時間變多了。

就在小熊思索著「該騎這輛車到哪裡去好呢」的時候，光陰便不斷流逝著。寒冷的問題幾乎獲得解決，也不用受到上課時段制約了。要上哪兒去都可以的小熊，並沒有強烈盼望騎去走走的地方。

想去的地點早就去過了。就算想出門買點什麼，禦寒對策開銷增加的影響也還殘留著，使她無法輕鬆地購買想要的東西。

結果，放假第一天小熊去了椎那家可以免費喝咖啡的店。一如平常騎著Cub到老地方去，於是見到的都是老面孔。

小熊照慣例喝著同樣的卡布奇諾。椎預計在寒假期間，把要加在濃縮咖啡裡的香精湊齊。她還說想要添購器材，開始做咖啡拉花。椎在停滯不前的小熊身旁行動著。而禮子則是搞不太清楚她有沒有在動作。

想說在外頭天色暗下來之前回家，小熊便站了起來。椎對她說：

「明天要不要來吃午餐呢？我有個想擺出來賣的菜單。」

小熊說出了截至先前都沒有對她們倆提到的事。

「明天中午我不能來，因為我要到甲府打工。」

小熊心想，話說出口就收不回來了。她也是有面子要顧的。沒有辦法撂下一句「我還是不做了」把工作拋下。

禮子一臉被她挑起興趣的表情，望向小熊。

「妳要做什麼工作？」

小熊只回答了一句話。

「機車快遞。」

向小熊提起打工一事的人，是那位在夏天運送文件時認識的甲府女老師。

說是機車快遞，其實內容只是騎在規定的路線上巡迴指定的醫療機構收發檢體，騎的路徑是固定的。這邊的負責人，似乎是女老師的親戚。

隸屬於公司的騎士多半都是短期打工的學生，很多人討厭在有許多遊玩活動的冬天排班，騎車在外面受凍。她不曉得是在哪裡聽說禦寒配備萬無一失的Cub就沒問題，於是打了通電話給從前為了聯繫打工事項而交換過手機號碼的小熊。

小熊和人家約好今天內會以電話或郵件回應，明天便前往面試，但她很猶豫要不要接下這份差事。

才開始騎Cub半年多的小熊，是否能勝任機車快遞的任務呢？即使是在幹道不曾積雪的甲府，山區也有過下雪或路面凍結的現象。於氣溫較低的早晨和日落後，小熊曾有過千鈞一髮的經驗。

其他還有，儘管薪水不錯，但機車本身的消耗將會成為負擔，以及面對客戶和工作場所的人際關係等，回絕的理由要多少她都想得出來。雖然為了沒錢發愁，可是她也並未淪落到無計可施的地步。她有辦法利用每個月的學貸，和不怎麼花油錢的Cub一同快樂地生活。只要享受騎乘的樂趣就好，和先前並無二致。

如同冬天時動物會乖乖待在巢穴一般，在南阿爾卑斯這股消磨幹勁的寒風吹起的期間，小熊原本認為就去跑那些已經跑到爛的道路，和同樣的人聊著一樣的話題，過著此種一成不變的生活也無妨。直到昨天喝了那杯味道相同的卡布奇諾。

禮子以並非冷靜亦非昂揚的複雜目光看著小熊說：

「那工作還有缺人嗎？」

「對方有講說騎士愈多愈好。」

禮子把濃縮咖啡一飲而盡。

「我也要做。」

「我先去打聲招呼。」

椎把不鏽鋼托盤抱在胸口並說道：

「再請妳們下班之後，天天過來喝咖啡喔。」

平常每當小熊與禮子騎車出遊時，椎的臉色都會顯得有些落寞。不曉得是否因為訂下了這個寒假的目標之故，她為小熊等人的決定感到開心。

她似乎是打算今後每天都要招待下班過來的她們，在自己打造的咖啡廳裡喝著各種不同口味的咖啡。

小熊當場透過手機聯絡女老師，告訴她自己要接下工作，還要拉另一個不曉得幫不幫得上忙的騎士過去。事情眨眼間就確定了下來，女老師要她們倆明天上午到甲府去一趟。根據討論的結果，似乎會在當天上工。

小熊和禮子離開了店裡。椎再次出聲叮嚀，希望她們每天來報到。外頭的太陽已完全西沉，吹起了南阿爾卑斯的寒風。

明天開始將要騎車工作，而非出門玩耍。上路隨時都蘊藏著發生意外的危險性。她們有可能被其他車輛、道路，或是這道風給害死。

唯有一件事情可以確定，那就是：如果就此輸給了寒意而裹足不前，小熊及禮子的內心將會確切無疑地生鏽，枯朽而死。

## 34 機車快遞

隔天，小熊和禮子造訪位於甲府的某間醫療檢驗公司並被錄取為工讀生，成了巡迴甲府市及周遭醫療機構領取檢體的機車快遞騎士。

要記住市區複雜的路線雖然頗花工夫，不過跟著配發的平板之中的導航功能走，不久就漸漸適應了。

她們要在巡迴的醫院或診所，收取裝在試管裡的血液或骨髓液等檢體，再放進保冷箱中堆放在機車後部，帶回公司去。儘管目的地和路線大致相同，可是路況及天候會每天改變。

根據社長所說，當年還需要和檢體一同收下紙本檢查單時，各個駕駛或騎士必須當場確認記載內容，並處理登記有所疏漏的情形。然而，現在只要利用平板的應用程式接收電子檢查單就行，內容會交由軟體或公司上線的人員進行查核。

小熊原先以為與客戶應對的負擔會比騎車上路更大，但對象是忙碌的醫護人員，交流自然會草草結束。偶爾遇上私人診所裡閒來無事又愛聊天的醫生時，只要自己反過來裝忙就好了。

服裝也只要穿小熊平日的牛仔褲和紅色機車夾克就沒問題了。以工讀生為主的收發騎士，大家都各自做喜歡的打扮。

打工夥伴之間也幾乎沒有交流。大夥兒無論是離開公司或回去打卡下班的時間都不一樣。頂多只有自備的輕機故障的人員，要將工作交接給人在附近的小熊時聊過幾次。在公司待命時，只要她在和禮子講話，其他工讀生就不會過來攀談。

這份差事就是要在相同時間前往甲府的公司，每天走同樣的路線拜訪一樣的客戶，然後在差不多的時間回去，相當單調。天天重複按表操課的工作，一旦習慣後就會很輕鬆，而且也頗有收穫。

沒有打工或做其他事情的時候，小熊不想在放學後騎車繞同樣的地方。她會到不同於前一天的區域，走別條路回去。她原本認為，這樣子的變化才是捨棄電車和巴士來騎機車的價值與意義。

因公天天騎在同一條路上的小熊，這個想法稍稍產生了變化。如果單調的行駛並非單純出遊，而是伴隨著工作和責任的話，那麼一如既往才會令移動正確又安全——她了解到這件事了。

縱使路線和目的地相同，對於騎在公路上的機車來說，還存在著無數的其他要素。若是平均地一點一滴去注意這些風吹草動，將會對異狀或危險變得敏感。

小熊明白了那些每天騎在相同道路上的郵差和賽車手他們的心情。這些人也都在反覆著毫無相同之處的騎乘生活，試圖盡可能貼近同樣的標準。

小熊回憶起夏天那份運送學校文件的打工。那個差事也是不斷往返於甲府到北杜的路。騎在幹道及市區的每一天，讓剛開始騎Cub不久的她提升了操駕技術。

當時工作所騎過的路徑，如今單單只是通勤路線。而小熊已經在遠比那時嚴苛許多的氣候中，騎過了更複雜的道路。也許這稱得上是小熊的成長。Cub對她而言，已成為衡量自身能耐的標準了。

小熊心想：假如自己就這麼繼續做騎車的工作，或許哪天跑到戰地或災難現場，也能夠騎得像是平日散步一樣。這種不帶有喜怒哀樂或嶄新發現的騎乘不太令人開心。最好劃分清楚，當成是僅限於學校放假期間賺零用錢的方式會比較好。

以同樣的方式騎在相同的道路上，盡力避免意外和危險，是Cub的正確騎乘方式。

只不過，這並非小熊的期盼。

依序收集醫療檢體的打工順利地進行著。小熊沒有應當回去的老家，跨年期間儘管工作量減少卻不會完全歸零，這點讓她很感激。當其他工讀生去休元旦假期時，小熊和禮子都有上班，還領了假日津貼。

隨著寒假結束的腳步逼近，迎向當初決定好的最終上班日之際，公司支付了月底結帳的薪水，匯給小熊的戶頭一筆頗豐厚的錢。

這筆餘額，足以彌補秋季至冬季的開銷所造成的貧困狀態。儘管目前她沒有使用的計畫，但搞不好今後會有。

小熊跟禮子的第三學期馬上就要開始了。

從一月到二月，山梨將迎來低溫和降雪的巔峰時期。

距離春天還相當遙遠。

# 35 停滯

高中第三學期揭幕，同時山梨北杜的低溫也變得更嚴峻了。

山區籠罩著一層白雪，林道並列著被霧淞所覆蓋的樹木。這裡因積雪和路面凍結之故，Cub自不用說，就連越野機車或四驅車輛都無法通行，僅有野鹿或山豬在走。

小熊、禮子和椎的住家及學校所在的舊武川村區域，或許是因為隸屬於甲府盆地的關係，雪並未積到令交通癱瘓的地步。也因為氣候比關東乾燥，因此夜間沒有發生凍結的情形。然而，由南阿爾卑斯所吹來的寒風，實在讓人難以忍受。

光是呼吸，寒氣就會令肺部疼痛。眼睛乾澀，肌膚外露的臉龐將逐漸失去感覺。人類不可能毫無準備地活在這樣的氣溫裡。

寒假期間努力打工的小熊與禮子，在荷包滿滿的狀態下迎向了凜冬。這樣的她們，為Cub和騎著它的自己追加了新配備。

那是一整套連身的禦寒服飾。禮子所穿的是美國空軍用的工作服，底下所連接的褲子，和她在冬天時所穿的飛行夾克採同樣的設計。而小熊則是穿著在中央市二手商店所發現的橘色滑雪服。

它不愧是要價不菲的衣物，效果相當好。即使有擋風鏡和護腿板抵禦，騎車時還是會有風漏進來。遮蔽掉那些寒風之後，無論一天騎多久也都不會覺得冷了。

用於操縱戰鬥機或滑雪等，和騎機車用途相異的衣物素材雖然頗為堅固，可是騎車時重要的耐磨強度令人有些不安。就摔車時的安全性這點，感覺它們不如皮革製的騎士服，不過兩人都對此視而不見。

隨著氣溫下降，雙腿和腳踝都會開始覺得冷。但小熊在夏天所買的皮革短靴正由於原本是冰刀鞋的關係，擁有優秀的抗寒能力。只要將棉質軍用襪換成羊毛襪，便足以應對了。

這襪子是過去為小熊製作夾克內裡的手工藝社老師拆掉舊毛衣後，利用當今罕見的那種需要左右來回推動把手的自動針織機所製成。

穿著PALLADIUM布靴的禮子有拿出從前所穿的皮製安全鞋，可是發現到鞋尖的鐵板會聚積寒氣後，結果只好再次挪用打工存下來的錢，買了一雙RED WING的塗油革工作靴。

至於臉部的禦寒措施，小熊從至今所使用的工作護目鏡，換成了她手上那頂Arai經典款販售的正規配件——開閉式安全帽鏡片。

而頸部到口鼻之間的防寒配備，手工藝社的老師又使用針織機做了一個羊毛圍脖給小熊。

南阿爾卑斯的冬天會愈來愈冷，但只要配合降低的氣溫增添裝備就能夠應付。如果會冷的話，做好禦寒準備就不會冷了。

不過這並不代表會變得溫暖。

今明兩天都會冷，外頭的寒意甚至會持續到後天。儘管裝備齊全，卻也令人提不起勁離開暖洋洋的家裡或外頭的店家。一想到又要被迫騎在天寒地凍的環境中，就不免使她煩躁不已。光是想到這種狀況今後將要繼續下去，小熊的心情就愈來愈陰鬱。

小熊和禮子總算察覺到，人家會說冬天是機車騎士的敵人暨考驗的真正理由。那並不是指冬季的低溫，而是長度。

儘管再過兩個月，春天便會降臨這片南阿爾卑斯的大地，而後綻放櫻花，但在那之前需要重複過這種日子幾次呢？對於騎乘Cub的她們來說，春季仍然遠在天邊，伸手不可及、定睛不可視。

這一天，騎車四處跑的小熊與禮子，依然穿著太空衣般的禦寒工作服阻斷外頭的冷風，回憶著在炎熱的太陽底下只穿一件襯衫，汗流浹背地吹著風騎在路上的夏日回憶。渴求著一杯咖啡的她們來到椎的店裡，想說最起碼要讓自己的胸口熾熱滾燙。

椎的父親代替不在家的她，泡了夏威夷科納咖啡給小熊等人。這杯美味的咖啡，苦味如同油脂般濃厚，一點也不輸給椎的濃縮咖啡。

椎正在進行將店裡的內用區改造成義式咖啡廳的計畫，寒假也在學校附近的郵局努力做分揀郵件的打工。只是就店裡頭的狀況來看，實在不像有什麼進展。

根據椎父親所言，她目前正拿著打工酬勞和壓歲錢四處採購必需品。不向寒冷低頭的她，踩著Alex Moulton腳踏車到離家最近但也有十公里遠的日野春車站，搭電車盡可能地尋找便宜的東西。

不曉得是因為椎不在，還是這股無窮無盡的寒意不好，對話要比平時還少的小熊及禮子，喝完一杯咖啡就離開店裡了。沒能請她們吃自己所烤的香甜黑麥麵包——裡頭加了勝沼產葡萄乾——椎的父親感到相當遺憾。

平常她們倆會在此處分別回到各自位於反方向的家，但今天禮子說要到甲州街道的購物中心買東西，於是小熊便陪她一起騎到往家裡方向的牧原十字路口。禮子在路口右轉，而小熊則是直走。

她沒有那個興致陪同購物。一旦過去，就會被目的地的暖氣搞到暖呼呼的，不想再次走到外頭。剛剛在椎的店，才體會過相同的滋味。騎乘Hunter Cub離去的禮子也一樣。她臉上的表情與其說期待著繞路買東西，更像是為了盡生活上的義務。

就這麼爬上日野春七里岩的坡道回到自個兒公寓，小熊在停車場停好Cub後，脫下了安全帽。她的手機，在機車夾克的口袋裡響起。

倘若禮子還是要逼自己陪她採買，就直接拒絕然後掛斷電話——內心打定主意的小熊打開手機看向螢幕，發現是出門購物的椎用手機撥給她。

接起電話後小熊首先聽見的，是一道氣若游絲的聲音。椎總會像個咖啡師一般開朗地打招呼，這情況實在罕見。

「……救救我……」

# 36 貓徑

小熊重新拿好手機。

歸功於機車把手套及羊毛手套，手部並未凍僵很令她感激。

之所以要花錢花工夫擬定禦寒對策，應付這種意外狀況也是理由之一。比方像是車子在外面故障、自己的身體狀況出現異常，或是被一道幾乎隨時都要消逝的嗓音求助，非得操縱手機那些小得可憐的按鈕時。

「妳怎麼了？」

小熊盡量清楚明瞭地詢問椎。手機傳來一陣雜訊之後，便是比先前更加細若蚊蚋的聲音。

「我在貓徑……掉進河裡……好冷……我出不去……」

椎口中的貓徑，是小熊那間高中的學生和當地人所取的別名，指的是在日野春七里岩的河階工程中打造出來的臨時道路。

九彎十八拐的縣道，從日野春車站連接到學校及椎家那邊。和縣道平行，走下日野春七里岩陡坡的貓徑，是結合了直線及急轉彎而成的路。

寬度無法讓車輛通行的山路，只簡單地鋪設了混凝土。由於這兒能夠比彎路複雜的縣道更快地爬下七里岩坡道，從車站徒步或騎單車的人們，會利用此處來當作穿過舊武川村中心地區的捷徑。然而，因為沒有路燈之類的設施，日落後幾乎無人會前往。

椎恐怕是搭電車出門回來，從日野春車站騎腳踏車踏上歸途時意圖抄近路通過縣道，才會去走貓徑吧。

隆冬時期太陽下山得早，天空已完全昏暗下來了。八岳有湧出一條流入釜無川的河流，它和貓徑平行。上個月也有老人家從不存在護岸或護欄的貓徑跌入河中，被救護車載到醫院去。

從手機聽見椎的聲音後，下一刻便有好幾道思緒在小熊腦中交錯著。

假如椎是摔進了水溫遠比都市河川低的貓徑河流裡，那麼必須要有人去救她才行。

小熊不清楚災情有多麼嚴重。會是單純打濕並弄髒衣服的程度呢，還是更嚴重的狀態？就她所聽到的聲音來判斷，後者的可能性很高。

既然椎有生命危險，那麼首先該做的便是報警或叫救護車。人民提供血汗錢養這些正義的夥伴，就是為了這個目的。

以前小熊所住的公寓周遭發生不明火災時，住戶有打電話通報。這一帶的警消人員反應時間還不錯。儘管會比東京都心多花一些時間，不過十分鐘之後鐵定會有閃著紅燈的車子出現，開始對椎進行搜索及救助。

十來分鐘——這樣的時間要讓一個泡進冰冷清流的人魂歸西天，已是綽綽有餘了。

並非職業救難隊的自己應該先去救椎嗎？抑或是浪費少許時間，先打給一一〇或一一九呢？小熊並不是個有人求助，便會瀟灑趕到的人。

短短一瞬間考慮到這裡的小熊，從手機對椎說道：

「妳再撐著點，Super Cub 一定會去救妳。」

小熊跳上了機車。她從公寓一度來到日野春車站後，與鐵軌平行騎了一陣，之後由工地行走用的鋼管所打造的貓徑入口，衝下坡道。

小熊知道，椎對能夠隨心所欲到處跑的她們抱有憧憬的情感。也曉得她努力以腳踏車追趕上來。

不光是體格，連經驗都很淺的她，試圖做出超過自己能力範圍的事，小熊對此也瞭如指掌。而小熊明知如此卻未曾出言警告或制止，對椎見死不救。

她使勁握著Cub的把手。現在比起後悔，得先找到椎才行——小熊如此告誡自己，將注意力集中在視力上頭。小熊對別人的性命一向漠不關心。但她認為，騎在Super Cub上的自己，可不能這樣。哪裡都去得了且無所不能的力量，並不是只為了讓自己享樂而獲得的。

這條路全長一公里有餘，不過腳踏車會滑落的地方很有限。小熊以朝上的前照燈照亮著四周被樹木所包圍的漆黑道路，同時看著流經路旁的河川騎車。

半途中有個水坑，讓小熊的車子後輪打滑了一下。腳踩在地上避免摔車的她，眼睛看見了才折斷不久的樹枝。小熊停下車子，跳了下去。

在貓徑下方約兩公尺高度流動的清流之中，小熊看見了椎所騎的Alex Moulton腳踏車。稍往下游的地方，有個水藍色的身子沉浸在那裡。

來自椎的電話是將近兩分鐘前響起的。小熊不清楚自己來得早或晚。只是，縱使那時叫了救護車，也還聽不見接近而來的警笛聲吧。

小熊以半滑落的方式溜下陡坡，踏入河川中。河水浸到靴子裡頭來，冷到幾乎要把骨頭凍僵了。

身穿水藍色運動服的椎，露出下頷以上的部分泡在這個小腿深的河川裡。她僅以視線認出小熊的身影，放心地露出微笑後，便直接閉上了雙眼。

小熊抓起椎的運動服領子，把她從水裡拉上來。平時臉色就蒼白的椎，變成接近慘白的程度。她泛紫色的嘴唇微微顫抖著。

小熊把椎拖到狹窄河岸的岩石上頭。平時與運動無緣的她對此感到疲勞，並深深吐了口氣後，使勁拍打椎的臉頰。

彷彿白瓷一般的肌膚恢復血色之後，椎睜開了雙眼。小熊開口向她攀談道：

「妳沒事吧？」

椎先是望著小熊，再看看被她從河裡拉上來的自己，才開始抖個不停。

「我……沒事……妳果然……來救我了……」

儘管確認到她還有意識，但小熊不認為椎有辦法自行回家。還是叫個救護車，後面的事請他們處理吧——心中浮現此種念頭的小熊，回想起椎為了在自己家裡打造一座義式咖啡廳，而不斷外出採買必需品的事情來。

現在如果發生了要送醫急救的大事情，視椎為掌上明珠的父母會說什麼呢？搞不好往後會對她的行動加以限制。

小熊從狹窄的河岸仰望通往停放車輛的貓徑這段上坡，然後把自己的手環繞在椎的腋下。

「我沒辦法抱著妳攀爬這裡。我會從旁協助，妳就自個兒爬上去吧。」

椎頷首回應。既然決定了，那就沒有閒工夫慢慢休息了。濕掉的衣服會隨著時間不斷奪走體溫。小熊站起身，揪住椎的領口讓她爬坡。

雖然趴在斜坡上，可是椎的手腳都凍到不聽使喚了。因此幾乎是由小熊拉著椎，勉強把她拖回路上。

下來時腳滑了一下的斜坡，上去時小熊緊緊踏穩著鞋尖，順利地攀爬成功。儘管小熊的登山經驗頂多只有學校遠足的程度，不過她曾和禮子騎在林道時滑倒，還和禮子兩人合力把遠比椎還要重的Hunter Cub從山崖底下拖起來。

爬到路上的同時，上氣不接下氣的椎望著小熊。

「那個……警察先生和救護車呢……」

小熊一面發動停在路旁的車，一面回答：

「我沒有叫。我家很近，妳去洗個澡換件衣服吧。之後我會送妳回家。」

聽聞小熊的話語，椎流露出放心的表情，瞄向斜坡底下。她的Moulton腳踏車還掉在河裡。

認為暫時沒必要通知警消人員的小熊，決定叫一輛並非消防車，可是顏色類似的車輛過來。她撥了通電話，給人恐怕還在附近購物的禮子。

向隨即接聽的禮子大致解釋來龍去脈後，小熊拜託她回收放置在意外現場的腳踏車。禮子確認到椎平安無事，才答應了下來。

禮子居然會在交通事故當中先擔心上頭的人而非載具，小熊懷疑明天是不是要下雪了。

掛斷手機的小熊，首先猶豫著該讓椎坐在哪裡。後貨架固然很大，可是安裝了不足以塞進椎的鐵箱。如果要雙手凍到不靈活的小熊現在開始動手進行拆螺絲的工作，感覺椎會先凍死。

左思右想的小熊，把椎抱起來放在Cub的前置車籃裡。椎嬌小的臀部塞在裡面足足有餘，但手腳都超出到外面來了。

察覺到自己接著將要碰上何種難堪狀況的椎，以不敢置信的目光看向小熊。然而小熊的腦袋裡，已經在思考前方載了三十餘公斤重物的Cub，是否爬得上貓徑的陡坡了。

椎的身子，要比送報的Cub每天早上堆在前置車籃的那疊報紙——俗稱竹筍——來得輕盈。小熊判斷沒有問題，便踢起腳架後跨上車子。

也許是恐懼喚醒了求生本能，椎放聲尖叫，臉上的神色比被打撈起來時恢復了幾分精神。把她裝在車籃裡的Cub，以自行車或越野機車攀爬陡坡的要領，利用蛇行的方式爬上貓坡，經由縣道前往小熊的公寓。

從前小熊曾經聽說過，男人所需要的，便是抱著心上人全力奔馳一公里的力氣。只要做得到這點，無論遭受什麼逆境侵襲，都能保護那名女子。

小熊終歸無法抱著椎在路上跑，而且也沒有那個意願，但是Cub辦得到。有它在就沒問題。

被Cub公主抱的椎，一臉像是被暴徒擄走的模樣。

濡濕的身體暴露在騎乘時的風之下，會導致體溫降得更低。假如椎意識不清的話，這一小段騎到公寓為止的路，是不是反而會送她上西天呢——小熊心中雖這麼想，不過看到嚷嚷著「別這樣、停下來、好可怕」的椎，至少她不會立刻翹辮子。

抵達公寓停車場後，小熊把椎從前置車籃裡拖了出來。小熊從旁協助著無法自個兒行走的椎，邀請她到自己家來。

# 37 螳臂擋車

全身上下被冰冷的清流弄得濕淋淋且雙眼無神的椎，杵在公寓玄關前，猶豫著要不要進去。看樣子，她是在顧慮進入室內會把地板弄濕。

總比手拿著滴機油的零件，泰然自若地走進來的禮子好——內心如是想的小熊，像是拎著貓一般抓著椎的運動服衣領，把她帶進房裡。椎慌慌張張地磨蹭著雙腳，想把鞋子脫下來。

椎好不容易把上學或假日外出時會穿的Top-Sider帆船布鞋脫掉，卻似乎因此消耗了體力，只見她當場癱坐在地。

小熊打開熱水器開關再進入整體浴室，轉開水龍頭把熱水放到浴槽裡。之後小熊讓沒辦法自己脫衣服的椎高舉雙手，一口氣抽起她的運動外套和上衣。她的體型沒有曲線，完全不會卡到任何地方。再來小熊還脫了她的長褲及內褲。意外難搞的襪子，則是用蠻力硬扯下來。

冷到恍惚的椎，意識及感官的傳遞似乎慢了許多，她後知後覺地才發現自己被剝個精光了。椎遮掩著有如蛋白蛋糕似的白皙肌膚，但殘餘的體溫看來不足以令她臉紅。

站也站不起來的椎，打算爬到浴室去。見狀，小熊抬起椎的身子，把她放進開始累積起熱水的浴槽裡。

椎把小巧的臀部泡到熱水裡時，喊了一聲：「好冷！」這麼說來，小熊在冬天下雨搞得全身濕透回家時，泡進熱水澡的瞬間也會覺得冷。或許人類的感官便是這麼回事也說不定。

「衣服我先拿去洗。洗髮精和沐浴乳就只有這個。」

說完這些話，小熊便要離開浴室。椎以微弱到幾乎要消失的聲音說：

「真是……謝謝妳。」

在如此寒冷的夜晚從河裡撈起一個大型貨物，並運送到這兒來。儘管所作所為值得受到感謝，小熊卻不喜歡有人對她道謝。原則上不會對別人致謝或道歉的禮子不在討論範圍內，聽椎對自己這樣說，小熊會苦惱著不知該如何回應才好。

小熊每次傷腦筋的時候，都會有某項事物出面相助。總之，她這次也決定要把事情交給它了。

「要謝，就謝謝Super Cub吧。」

水龍頭的熱水像是要幫肉品解凍一般流到椎身上。此時她的狀況已經稍微穩定下來了，於是小熊便走出了浴室。

小熊把方才幫椎褪下的運動服和內衣褲收集起來，統統丟進超市的購物籃之後，打開了玄關大門。她開啟公寓前住戶所留下的洗衣機蓋子，耐著寒意將籃子裡的內容物和洗衣精一塊兒拋了進去。由於鞋子是帆布製的，她也一起放進去，再按下快速洗衣模式的開關。

就在小熊背對著開始運轉的洗衣機，準備拎著空籃子回到家裡的時候，她聽見了一道改裝排氣管的粗獷聲響。

回頭一看，小熊見到了禮子的身影。禮子單手操縱著Hunter Cub，另一隻手扛著Alex Moulton腳踏車。

將車子停放在停車場的禮子，就這麼扛著腳踏車來到小熊面前。隨後，她把手伸向飛行夾克的口袋，從裡頭拿出智慧型手機。那支裝有水藍色保護殼的手機是椎的，小熊也有印象。

「這個平安無事。」

光是如此，小熊便理解到禮子所扛來的那輛腳踏車處於何種狀態了。

禮子把Moulton腳踏車豎立在自己停放於停車場的機車上頭。禮子平常碰觸車子的時候——亦即對待載具時，儘管粗魯卻也不會給和騎乘性能相關的部分帶來負擔。但她現在的舉止要來得鄭重許多，宛如哀悼著亡者一般。

小熊伸出大拇指指向自己的房間，邀請禮子入內。

椎在浴室裡洗澡的聲音傳了過來。自從近來開始穿連身滑雪服騎車之後，她便買了休閒服來當內裡。這時她從自己的替換衣物中，拿出那套衣服來。

雖然椎八成不喜歡這樣的栗紅色，也只能請她忍耐一下了。

小熊打開浴室的門，再將休閒服放在廁所處的架子上，說道：

「這給妳穿。」

正拿著沐浴刷清洗身子的椎尖叫了一聲，隨後遮起身體。這場溫暖的澡似乎已令椎脫離了低溫狀態，只見她羞紅著臉點頭應允。

小熊將替換衣物交給椎，踩過一進門就躺在地上的禮子前往廚房，拿出鍋子準備煮三人份的晚餐。

洗好澡的椎穿著休閒服出來了。平時總身穿水藍色衣物的她換成了紅色休閒服，看起來就像是親戚的孩子還什麼似的，一點都不像同學。這樣的椎向小熊低頭致意。

不知客氣為何物的禮子取而代之地當場脫起衣服，走進還沒涼掉的浴室裡。小熊拿出禮子擱在自己房裡的工作連身服丟進浴室，好讓她洗完澡之後穿上。若是像從前她來借住時那樣，光著濕漉漉的身體到處翻找換穿衣物，那可受不了。

苦於不知該說什麼才好的椎，望見小熊手邊後，表情隨之一變。當小熊要開始煮蕎麥麵當晚餐的時候衣服剛好清洗完畢，因此她正在把椎先前所穿的衣服晾起來。

水藍色的運動外套及上衣、襪子和帆船鞋，以及同樣是水藍色的運動內衣跟內褲。

椎的臉蛋紅得比身上的休閒服還鮮豔，伸手要拿小熊手上那件內褲，卻似乎因為借來的衣物尺寸太大而踩到下襬跌倒了。椎按著鼻子站起來說：

「那個……那些衣服……我自己曬。」

一把搶回小熊所遞出的內衣褲之後，椎雙手拿著它們，思索著該如何處理才好。她似乎決定要暫時讓東西避開他人的目光，因此試圖塞進休閒服的口袋裡。於是小熊開口對椎說：

「妳打算穿著濕答答的內褲回家去？」

迷惘不已的椎，在將羞恥心和各種情感放在天秤上衡量之後，像是死了心似的跟小熊借了附有曬衣夾的衣架，並盡量把內衣褲晾在玄關前不起眼之處。

「這棟房子冬天很乾燥，衣服明天早上前就會乾了。」

小熊如是說，同時把禮子讓她保管的手機遞給椎。椎拿手機給家裡撥了通電話，慎選著不令父母擔心的遣詞用字，告知自己騎腳踏車掉進河裡，以及弄濕了衣服所以要住在小熊家的事。

小熊著手準備晚餐。她將咖哩塊溶入麵味露之中，再加進麵條和配料，做成了一份以蕎麥麵取代烏龍麵的咖哩南蠻麵。當她把三人份的麵給端上桌的時候，禮子從浴室出來了。

「這會讓衣服沾到咖哩啦。」

語畢，禮子想就這麼赤身裸體地拿起筷子開動，於是小熊把自己特意準備的連身工作服砸在她臉上。

見到衣服因為保養工作的關係弄得到處髒兮兮的，禮子露出一副了然於心的模樣穿上了連身工作服。由於室內沒有三張椅子，小熊把平時自己坐的椅子讓給椎，自己搬了在屋外作業時用的啤酒箱來坐。

咖哩的味道似乎讓椎湧現了食慾，只見她雙手合十說了一句：「我要開動了。」接著拿起筷子把蕎麥麵吹涼。禮子從房裡的冰箱擅自拿出做好的水煮蛋剝了起來，而後丟進椎的咖哩南蠻麵裡。
也幫自己和小熊剝了蛋之後，禮子開始吃起麵來。平時經常帶義大利麵便當到學校的椎，似乎不太習慣拉麵或蕎麥麵這種要吸起來吃的麵食，只見她以筷子一點一點地捲起來送入口中。
三人好一陣子默默無語地吃著蕎麥麵。小熊認為身子發冷的時候吃點溫暖的麵食最好，才會準備這道咖哩南蠻麵。椎對此好像感到挺中意的樣子，每次吃了一口麵，就會配一口咖哩湯汁。

晚餐轉眼間便吃完了。當小熊在收眾人的餐具時，椎露出一臉酸澀模樣咬著當作飯後甜點的青蘋果並站了起來。
「那個……交給我來做吧。」
從小熊那兒接過餐具的椎，靈巧地運用她那具感覺需要踏腳凳才有辦法在流理台洗碗的嬌小身軀，比小熊還俐落地洗好了碗盤。清洗完畢後，還一副理所當然似的把廚房四周擦得乾乾淨淨。
嚮往當個義大利咖啡師的椎，似乎不光是在客人面前端咖啡的外場工作，就連內場廚房工作也毫無疏漏地學了起來。

不久前椎才差點命喪九泉的事情，就好像騙人的一樣。在這股彷彿像是睡衣派對般的氛圍之中，咬著蘋果的禮子望向窗外，看著她們倆停放機車的停車場。椎那輛Alex Moulton腳踏車也在裡頭。

就在椎洗好餐具的時間點，禮子開口說道：

「那輛Moulton已經回天乏術了。」

就在椎洗澡的時候，小熊有聽說那輛車被打撈起來時的狀態。Moulton的車體，是利用比起尋常自行車更細的車架組合而成的。而它似乎在摔落時遭受重擊，車架到處都扭曲斷裂了。

價格僅次於車架的昂貴變速裝置也變形了。前後輪及輪框也都歪掉，全都無法修復成原狀。

椎的腳踏車已完全報銷了。假如從路上摔下去的時候，椎的身體承受到車子所受的傷害，真不知道她現在會變得怎樣。

一道清淚從椎的眼中流下，最後她終於壓低聲音哭了起來。

那輛腳踏車是父親硬塞過來才開始騎的，起初椎對它根本一點感情都沒有。不過，當憧憬義大利咖啡師的椎升上高中後，為了實現夢想而行動時，這輛Alex Moulton腳踏車能讓她不用依靠雙親的汽車，也能到日野春或韮崎車站去。對她而言，這是實現自身心願的最佳交通工具。

但最佳不見得會成為最愛。到頭來，椎直到最後都無法達到人車一體的境界。她沒有辦法像小熊和禮子這樣，彷彿像是長了魔法的雙翼一般，前往自己想去的地方。

「我好討厭……什麼鬼冬天……為什麼會這麼冷呢？」

椎抱著自己小巧的身子痛哭流涕。她並非在為失去了腳踏車傷心，而是在為南阿爾卑斯的冬季哀嘆。它把自己和車子丟進冰冷的河川裡，甚至讓她差點走了一遭鬼門關。

椎巴著小熊的身子說：

「求求妳，小熊同學。請妳立刻使我的季節變成春天。Super Cub無所不能對吧？拜託妳讓這個冰冷陰暗的冬天消逝無蹤。」

小熊撫摸著椎的頭髮說：

「Cub做不到這種事情。」

Super Cub是交通工具，不可能操縱氣象。儘管如此，椎依然在小熊胸口哭著反覆哀求。

禮子看向窗外，狠狠瞪視著惹哭椎的幽暗寒空。

結果，哭累的椎就這麼睡著了。來住的時候總是會吵鬧到三更半夜的禮子，今天也一副沉默寡言的模樣，在地上攤開睡袋就寢了。小熊上了床，幫抱著自己不放的椎蓋上棉被，準備閉上眼睛睡覺。

儘管身心俱疲，小熊卻一直失眠到天亮。

椎的話語在耳邊縈繞不去，不斷反覆在腦中迴響著。當小熊回想起自己是如何回答的時候，她很想往自己臉頰揍上去。

38

# 遙遠的春天

隔天一早，椎換穿曬乾的運動服，和小熊她們一同吃了早餐。菜單有抹上自製蘋果醬的吐司、火腿蛋、萵苣、番茄、洋蔥沙拉，還有咖啡。第一次喝到即溶咖啡的椎，開心地表示味道很罕見。她刻意讓自己的言行舉止變得開朗，藉以蒙混昨晚在這裡哭的事情。

吃完早餐後，小熊與禮子送椎回家去。禮子騎著拆掉後箱的Hunter Cub載椎，而小熊則負責扛起Alex Moulton腳踏車過去。

椎的雙親對她們倆致上近乎囉嗦的謝意。小熊心想，自己果然還是不喜歡聽人家道謝。椎當場手寫了一張家裡所開的店——亦即BEURRE的一年免費咖啡券給小熊。椎的父親同時補上了「麵包及三明治也不用錢」這樣的敘述。禮子每天早上都會到這兒來買三明治當午餐，見到賒欠的費用都一筆勾銷，高興得都跳了起來。

如同依舊籠罩著北杜鎮的寒空及南阿爾卑斯的冷風那般，隔天起小熊等人便持續過著千篇一律的生活。

椎現在每天會騎著家裡沒人要而棄置的淑女車來上學，代替那輛壞掉的Moulton腳踏車。這輛輕快單車的輪徑要比Moulton這種小徑公路車要來得大，和椎很不搭。

小熊與禮子天天騎機車通學，而椎則是騎腳踏車。就只是騎去和回家的日常生活。Cub已經做好了充分的禦寒對策，能夠應付冬天的寒意及不時飄落的雪了。既沒有特別需要改善的問題，也沒有要添購的東西，騎在路上完全不會冷。應當面對的敵人，已不復存在了。

小熊不知道是第幾次回憶起夏天了。那段短暫又炎熱的日子，每天都接二連三地帶給她嶄新的刺激。

椎先前那麼努力地推動把自家烘焙坊改造成義式咖啡廳的計畫，也暫時停擺了。大概是覺得在這種低溫下外出很危險，即使小熊詢問到進度，椎也淨是掛著含混不清的微笑，回答說：「之後會著手進行。」

那張寂寞的笑容，是放棄抵禦此地寒意，知曉自己唯有隱忍一途的人會露出來的。

在重複過著有如身陷囹圄的日子當中，第三學期的期末考開始了。也許是因為第二學期有Cub不斷帶來刺激及變化之故，學校考試只會帶來符合期待的結果，不會造成小熊的負擔。然而，如今一如往常的考前用功和考試，則沉甸甸地壓在她身上。小熊還以為是身上所穿的衣服害的呢。

進入考後休假期間，小熊和禮子集合到了椎家，並未特別找地方去。椎嚴肅地在店內烘焙坊動手做事，和她們也沒有聊得多麼起勁。喝完一杯咖啡的兩人，打算就這麼離開店裡。

不久以前，椎才帶著熠熠生輝的雙眼，看著小熊和禮子幾乎天天向冬季挑戰。而今那些行為卻感覺像是遠古異世界的其他人所做的。這樣的椎，掛著皮笑肉不笑的表情對她們揮了揮手。

打開店門的禮子，望著冷颼颼的天空說：

「真希望春天早點到來呀。」

椎看向林立在店門口那些光禿禿的行道樹，低聲喃喃道：

「到了春天之後，這裡就會開滿櫻花喔。」

在接著要各自回家，結束毫無價值的一天前，有了這麼一段無意義的對話。小熊不假思索地提起了今早在新聞廣播所聽到的事。

「鹿兒島已經開了。」

甲府周遭的櫻花，會比九州及南關東晚一個星期開。其他縣市開花的時期要比歷年早。與那些地區相比，今年南阿爾卑斯的春天來得很晚。

面面相覷的三人，彼此的眼神都被無盡的寒冬搞得疲憊不堪，感覺不到朝氣。她們的對話戛然而止，散發出一股「大夥兒回去吧」的氛圍。

事後想想，禮子接下來的發言就只是想連接起交談的空檔，根本沒有意義和用意可言，甚至連意志都不存在吧。

「我們去看看吧。」

拍打著自己的機車座墊，小熊正打算回一句「哪有可能去得了」，回想起那天晚上為寒冬落淚的椎所講的話。

——請妳用無所不能的Super Cub，立刻使我的季節變成春天。

小熊表示「辦不到」，這個想法如今依舊沒有改變。當時所感受到的後悔之情，現在也一樣。那有如冰柱一般，一直扎著她的胸口。

「就去瞧瞧吧。」

椎衝到小熊身旁抓起她的手，用自己的掌心包覆了起來。

「請妳也帶我一塊兒去。」

彷彿幼兒般的嬌小雙手不帶有任何溫度。如果放任她的手一直冰冷下去，小熊鐵定無法原諒自己。

停放在店門口的Hunter Cub，後方安裝著一個郵務車箱。禮子露出奸笑，以手掌拍打著箱子。它的尺寸正好可以把椎裝進去。

不太想被裝進箱子裡的椎，害怕得揪著小熊的車。此時她似乎想起自己掉進河裡的時候，小熊把她放進前置車籃騎在路上的事，頓時跳了起來放聲尖叫。

她們三人在冬天的咖啡廳裡決定了。只要冬令不結束，自己便什麼也做不成。這樣下去，會被冬季給害死。

既然如此，那麼就三個人一塊兒逃離寒冬吧。

現在就騎著Cub，前往捕捉春天吧。

# 39 啟程

小熊、禮子及椎靈機一動地發起了騎機車旅遊的計畫。厭倦了漫長寒冬的三人，決定接下來要騎車逃避「季節」這個規模大得非比尋常的事物，然後將春天帶回南阿爾卑斯山麓。

一度要離開店裡的小熊及禮子又折返回去。當她們想再點一杯咖啡時，椎的父親已經倒好三杯了。

並非「明天」或「改天」，不立刻採取行動就不滿意的三人，早已忘卻寒冷了。她們占據一張烘焙坊裡的桌子，擬定了計畫。三人在盡可能早點出發這點取得了共識。沒有什麼事情要比這趟旅程優先。她們當場徵求椎雙親的同意。第一次讓女兒出門旅行的父親，指著門口的迷你車提議由監護人開車同行，卻被三名女生的壓力及椎的一句話所折服。

「無論發生什麼狀況都不要緊的，因為有Super Cub在呀。」

她似乎不太期待小熊和禮子當一個可靠的旅伴。禮子賭氣地說：「Hunter Cub要比它更強啦！」

隔天她們便著手準備旅行。椎既沒有機車也沒有駕照，因此禮子要騎Hunter Cub載她上路。載重物騎乘這方面，小熊那輛利用車床加工把汽缸擴大成五十二cc的車，略遜於一一〇cc的Hunter Cub一籌。而且小熊剛考到普通重型駕照未滿一年，道路交通法仍禁止她雙載。

椎剛開始想坐小熊後座，因為禮子會無謂亂飆車，不太願意搭她的Hunter Cub，最後要禮子保證不會騎得很嚇人。

儘管禮子口口聲聲反覆表示自己不會，但小熊很清楚她這番話完全靠不住。椎也將會實際體驗到，禮子這個人的思考模式便是「口頭說說算不上約定」吧。

Hunter Cub的後箱已卸除，為了雙載而裝上延長至車子後頭的雙人用座墊。這種座墊在騎乘姿勢上有很高的自由度，不光是用於雙載，拿Cub來跑賽道的人也經常會運用到它。禮子所收的這塊座墊，是從前在解體廠發現的東西。

禮子原本打算進行機車露營，因此挑選著舉凡冬用睡袋、帳篷、篷布等各式各樣的戶外用品；但在預計載運三人份行李騎車的小熊一句「不准帶玩具去玩」的叮嚀之下，結果她們決定找網咖或商務飯店來當路途中的下榻處了。

至少帶上這個就好——禮子提議要帶煮四杯米的圓形飯盒出門，於是小熊允許她囤積足以放在裡頭的道具進去。禮子將能夠重疊起來，收納時節省空間的戶外用鍋具及露營杯收進飯盒裡，還試著努力把據說在聖母峰也能用的瓦斯爐塞進去。然而，不論禮子怎麼向小熊苦苦哀求，她都不願意放寬容量限制給既已裝滿的飯盒，結果禮子只好盡量塞了Esbit固體燃料在裡頭。

椎表示自己無論如何都想讓她們倆喝到正常的咖啡，因此拿來了一個能直接用火沖泡濃縮咖啡的器具——摩卡壺。小熊見到上下雙層構造的咖啡壺在體積上沒有問題，伸手拿拿看之後便因重量而淘汰了它。

小熊把從禮子那兒搜刮來的過濾式咖啡壺給消沉的椎拿。只要有這個和固體燃料，不光是能夠泡咖啡，還可以煮沸用於茶飲或速食食品的熱水。

椎在文化祭時學會使用方式，拿它泡了杯咖啡試喝，認為這個味道要在店裡賣太狂野，不過很適合旅行，因此給了它及格分數。禮子向小熊抱怨她實在太寵椎了，但卻遭到無視。

衣物方面則是各自帶一件，而內衣褲是兩套。椎在運動服上頭所穿的禦寒衣物，是和小熊相同的滑雪服跟羊毛手套。小熊及禮子已親自確認過其效果和性能了。安全帽的部分，是由禮子出借越野帽給她。這頂是她買來，卻因為太小而棄置的帽子。

告知春天造訪的櫻花不會逃跑，反倒會隨著時間經過不斷接近。正因如此，若是磨磨蹭蹭的，「前去捕捉春天」這個只有在冬天才有的幸福時光，將會相對地縮短。

打定主意後不到兩天的時間，她們三人便已完成了旅行的準備。

到了出發當天。

在公寓裡醒來的小熊打開窗戶。還殘留著雪的北杜鎮及南阿爾卑斯，是她反覆見過無數次的冬季景色。

她做了個深呼吸，鼻腔深處因寒氣而刺痛。雖然她曾詛咒和哀嘆這種冰天雪地的早晨，如今卻不一樣了。小熊接下來便要去捕捉遲遲不到來的春天。

昨天才擦亮的車子在停車場被寒霜覆蓋並凍結的模樣，映照在小熊視野一角。

身穿長袖貼身衣物、成套牛仔裝、附有羊毛內裡的機車夾克，以及連身滑雪衣的小熊，綁起皮革短靴的鞋帶，並將圍脖拉到鼻尖處之後，才戴上安全帽。

準備就緒的小熊，拿著要放進機車後箱的行李袋站在玄關，而後回頭望向自己的房間。接著這幾天她不在家，因此整理得比平時還要仔細。騎機車旅行的幾天，有可能變成幾個月甚至好幾年。

也許她會在旅途中出意外，或是闖了什麼禍被關進苦窯，又或者在過著天天長途騎車的日子時，就不想回來了。

小熊打開玄關大門往外走，在關起門並上鎖之前又再度回頭瞥了一眼室內，才邁步而出。

哪怕氣溫有多麼低，只要拉起阻風門拉桿，Cub就會順利啟動——發動了車子引擎的小熊騎到平時的通學道路上，經過學校後騎了一陣子。

將和小熊一道旅行的禮子及椎，在事前決定好的集合地點——也就是椎家等她。小熊原本打算照舊以機車喇叭回應揮著手的她們，但考慮到現在的時間才天亮不久，於是舉起手打了招呼。

做軍用阻燃纖維連身服打扮的禮子，一副想馬上出發似的躁動著。椎則身穿水藍色滑雪服，神色有些緊張。小熊思索著現在自己臉上是什麼模樣，遵照在這裡吃早餐的預定計畫，走進了椎的家。

小熊與禮子平常總是以免費票券當擋箭牌不付錢，椎的父親便提供與之相應的輕食給她們。但今天她爸爸招待的早餐卻是炒蛋、香腸，以及抹上了奶油起司的黑麥麵包，可謂份量滿滿。

關於旅行計畫中必備的路線選擇，她們並未在事前決定。三人的目的地就只是「去看櫻花綻放」這麼地模糊。而且，一旦規劃好路線，那麼行程和旅行的終點便會自然而然地確定下來。目前的她們不樂見此種情形。

結果她們三人淨是在聊抵達某個櫻花盛開的遙遠縣市後該做什麼好，話題完全沒有提到本應在早餐時間決議的騎車路線。

小熊與禮子感謝椎的父親提供早餐和咖啡，於是他便送了一個枕頭那麼大的黑麵包給兩人。這個還有點餘溫的沉重麵包，似乎可以比一般麵粉製成的放得更久。一臉擔心地望著椎的父親好像有話想說，於是小熊便率先開口，避免拖到出發時間。

「我會保護椎，不要緊的。當這趟旅行結束的時候，椎一定會變得能夠守護其他事物。」

禮子嘻嘻笑著從位子上站起，看向窗外。

「時間差不多了呢。」

這句話成了引子，讓禮子、椎及小熊走出了店裡。椎著急地想坐上禮子的車。這時小熊把手擱在她頭上用力一扭，讓椎回頭看向自個兒的家。見到出來送行的父親，椎揮了揮手。

不論是騎機車旅行、一如往常地騎腳踏車出門上學或購物，當下眼中所見的事物及揮手道別的人，都有可能會是最後一次看到。小熊認為，這些事情給未來要當咖啡師做服務業的椎先知道也沒有損失。

小熊在跨上自己的車子前，再度把迄今看過無數次的南阿爾卑斯山脈納入視線，並深深烙印在雙眼中。

# 40 中山道

小熊所騎的Cub，和禮子後座載著椎的Hunter Cub，在離開椎家後，即將來到與甲州街道交叉的牧原十字路口。

如果想走最短距離到櫻花綻放的地方，只要右轉從韮崎沿著富士川南下，大約花三個小時就能到達靜岡。接著直接沿海岸線走，應該便能在今天之內看到太平洋沿岸的櫻花。那兒開花的時期和九州相同。

然而，她們三人並不是為了做這種事才踏上旅途的。之所以要逃離悽慘折磨著自己的冬天，不是因為討厭它，而是希望享受冬季最後的時光，並掌握到與春天的距離，跟寒冬玩一場你追我跑的遊戲而騎車上路。

並未事前決定好路線的小熊及禮子，她們倆的車同時點亮了左方向燈，要往松本方向騎去。要從那兒穿過飛驒高山到關西去，或是經由大町前往日本海，端看她們的喜好而定。

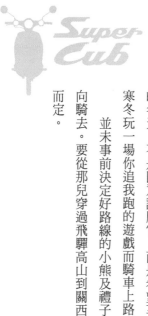

在早上開始塞車前舒適地騎在甲州街道上的兩輛車，花了一小時左右抵達諏訪湖。小熊對禮子打了個手勢，之後騎車進去湖畔的公園。

雖然距離用餐和上廁所休息的時間尚早，但無論是多麼遠的行程，之後會給行動帶來致命性障礙的問題及預兆，都會集中在最初的一個小時。從家裡出發到脫離自認住家附近的範圍——只要能慎重地看清楚這段魔性時光並圓滑地跨越它，之後的數十甚或數百小時大多能平安無事地度過。這個毫無根據的理論，就像是機車騎士的咒語一樣。

小熊將車子停在遼闊的停車場之後，側眼望向人在隔壁Hunter Cub後座，緊緊抓著禮子的椎。椎看似相當適應身上所穿的滑雪服，並沒有在清晨的寒風之中冷得瑟瑟發抖。和小熊在這個冬天所購買的不同，椎身上那件似乎從小學時期爸媽買給她以來就一直穿到現在。

坐在前面的禮子儘管不習慣早起而呵欠連連，不過小熊心想：她無論發生什麼狀況都沒那麼容易崩潰，應該不要緊吧。

禮子有一頂用舊了的飛行員安全帽，上頭配備了透明及深墨兩種鏡片。椎脫下向她借來的這頂帽子，拉下替口鼻禦寒的圍脖後，回頭望向至今騎來的道路說：

「我還是第一次騎完甲州街道。」

以東京新宿為起點的甲州街道，在方才通過的諏訪十字路口迎向終點。不論是諏訪或再下去的鹽尻及松本等地，小熊都在騎車兜風或購物時去過了許多次，因此覺得那只是國道換了個標記罷了。然而，椎自幼看到自家附近的幹道時，每次都會心想「一直不斷騎在這條路上的話，會通到哪裡去呢」。

「路還會延續下去。我們必須來決定走哪一條才行。」

小熊說著說著，打開自己的機車後箱，拿出比起手機地圖，她更信任的紙本地圖。

三人攤開地圖討論之後的結果，決定繼續直直騎下去，進入會在鹽尻分歧的國道十九號。穿過木曾山中通過中央本線沿線，這是抵達名古屋的最短距離。

禮子表示想到日本海去，騎在洶湧的浪花之中，卻被小熊駁回了。畢竟那條路線稱不上安全，而且鹹水對以壓鑄鐵板製成的Cub車身並不好。

椎也贊成小熊的提案，於是便以二比一通過了。禮子看似也並未心生不滿。縱使今天去不成，她也有隨時能夠動身前往的Cub。這點小熊亦同。

見到她們舉出的路線截然不同卻輕易接受的樣子，椎露出一副詫異的模樣。見狀，小熊心想「一旦她也騎Cub，八成就會明白了」。也許她還會了解到，小熊為何要選擇木曾路線。

首先，沿著列車鐵路騎乘，萬一發生意外時較容易應對。

另一個理由——小熊所選的路被稱作中山道，是自古以來便十分繁榮的東西要道。

因此，路上到處都留下了驛站和供旅人休憩的茶店遺址。椎希望成為一名義式咖啡師，那麼看看這些事物也沒有壞處。

# 41 黑麵包

進入中山道之後，兩輛Cub輪流帶頭，一個勁兒地騎在山路上。

剛開始坐到屁股痛的椎，似乎也漸漸習慣了。小熊曾親身體驗過，因而擔心她連續騎在九彎十八拐的路上會有三半規管暈眩的症狀，看來這也沒有發生。

在山梨出生成長的椎自從搭著雙親的車以來，便是在「除了部分平原地區，道路扭來扭去是理所當然的」這種環境下長大的。而且，儘管節流閥把手和煞車是由坐在前面的禮子控制，可是椎也漸漸學會了在彎道一同左右移動重心，而非單純當個跨坐在機車後方的乘客。

許多自孩提時代便受暈車所苦的人，一旦自己會駕駛汽機車之後，症狀便有如騙人似的不藥而癒了。

神經沒有纖細到會暈車的禮子姑且不提，小熊便是如此。她本來是個一搭車就會暈的孩子，如今這已成了遙遠的過去。而椎也正慢慢成為她們的一員。

露營道具已從裝備之中排除掉，因此這場旅行並不能隨時隨地紮營住宿。小熊想在今天之內進入名古屋。

騎在帶頭的禮子後方，小熊注意到椎扭動著屁股的模樣，先是瞥了一眼她從禦寒連身衣上頭戴在手腕的卡西歐電子錶，之後轉動節流閥把手，和禮子的車並排行駛。

小熊想打手勢給看向自己的禮子，但她回想起大家並沒有決定到那麼詳細的動作，於是推起安全帽的鏡片，大喊出聲：

「吃午飯！」

路旁正巧出現了車站的牌子，於是兩輛車便騎了進去。一把車子停在停車場後，椎便小跳步衝到廁所去了。

小熊打開機車後箱翻找著裡頭。雖然車站裡有餐廳，可是難得帶了飯盒和白米來，她不想在旅途剛開始的時候就吃外食浪費錢。話雖如此，現在開始洗米並拿出固體燃料來煮飯也有點麻煩。坐在車子一旁的禮子似乎也有一樣的感受，眺望著景色的她感覺沒有動手幫忙的意思。

果然還是要到那個聚集了卡車司機，身為女孩子的自己待起來似乎不怎麼舒適的餐廳嗎——當小熊如此猶豫時，從廁所回來的椎對她說：

「那個……午飯請交給我處理吧。」

椎從小熊的機車後箱拿出過濾式咖啡壺，加入水和今早剛磨好的咖啡並幫固體燃料點火後，再取出離開家裡時爸爸交給她們的碩大黑麵包——亦即德國黑麥麵包，將它切成薄片。

接著，她把一塊兒從家裡帶出來的奶油起司塗在黑麵包上，再放上剛剛去廁所時買來的當地食材——木曾煙燻鮭魚，和以咖啡壺煮好的咖啡一同遞給小熊。小熊試吃了一口。

「真好吃。」

這塊黑麵包和小熊平時所吃慣的超市或超商吐司不同，硬到簡直像是在考驗人的牙齒和下巴強度，不過愈嚼愈有風味。這份滋味，並不輸給麵包上的濃厚奶油起司，以及黏糊糊的鮭魚。

椎也遞了一份加了奶油起司和鮭魚的黑麵包給禮子。禮子吃了之後，大為開心地表示：「感覺好像德國或俄羅斯的軍隊一樣！如果還能加上培根炒豌豆就太完美了！」

這塊黑麵包幾乎是椎的父親半塞過來，才會放進Cub的前置車籃裡。若以普通的吐司來估算，重量應該會有三到四斤，不過實際卻更甚其上。鮭魚及奶油起司固然也很美味，但小熊碰觸著那塊麵包說：

「只要有這塊麵包，我就活得下去。」

僅帶著食鹽和黑麵包便躲在山裡的游擊隊，擊退了先進國家中吃著豐富的鹽漬牛肉及巧克力的軍隊，這種故事多不勝數。自古以來填飽了工人及戰士的肚子，據椎所言能夠放得比普通麵包久許多的黑麵包，是種優秀的糧食——小熊如此親身體會到了。

正如同Cub對小熊來說是全世界最優秀的機車，世上也存在著為數眾多的傑出事物吧。既然如此，她想騎著Cub去一探究竟。

吃完午餐後便出發的兩輛車，行走距離要比預料中來得遠，在日落時分便已通過了名古屋，到達滋賀縣大津了。

# 42 櫻花

小熊等人要在車站前的商務飯店住一晚，而晚餐則是利用裡頭的小小廚房和飯盒煮了白飯跟咖哩調理包解決。

小熊拉著隔天一大早就想啟程的禮子，來到了湖畔的公園。不僅是櫻花，映入眼簾的事物和在意的東西什麼都能去看，就是騎機車旅行的好處。椎昨晚從飯店窗戶眺望著夜晚的琵琶湖，久久不厭倦。小熊想說要來告訴她這件事。

騎車到公園後，她們三人便在湖畔散步。這兒到了夏天，似乎會舉辦Cub車主的見面會。禮子臉上掛著興味盎然的表情。而沒有Cub的椎感覺最為熱情，直嚷著很想去。小熊遠望著湖泊，低聲喃喃說道：

「夏天怎麼還不趕快來臨呢？」

一旦決定要悠哉地度過，這次又開始想念起騎車的滋味了。結束散步的三人跨上機車，再次開始移動。

繞了琵琶湖半圈的禮子跟小熊，從敦賀來到了日本海。

山陰這個與山梨的氣候、植物，甚至是語言都有所不同的地區，其道路和風景讓小熊等人瞧也瞧不膩。極其平穩的海面，沒能讓禮子看到她所期待的洶湧日本海，但小熊認為這樣比較好。

假使看見了大浪湧來的海洋，禮子搞不好會當場把機車賣掉，買下一張衝浪板——當小熊如此表示後，禮子浮現深感意外的表情，回答道：

「我才想說妳會不會那麼做呢。」

那怎麼可能。Cub既是生活中必備的道具，也是回家時不可或缺的交通工具，小熊絕不可能將它脫手。再說，雖然春天的腳步近了，但海裡感覺還是很冷，要衝浪有點勉強。心中如是想的小熊望著日本海，發現有穿著潛水服的衝浪者，正不畏寒冬向大海挑戰著。

小熊看向自己的機車。與其踩在那塊板子上玩耍，騎著Cub沿著海邊晃鐵定比較有意思。

短短一瞬間，小熊的腦中浮現出自己都覺得完全不搭的衝浪模樣，還有這輛車可以賣多少錢的念頭，一定是她多心了。

嶄新的發現是旅遊的樂趣所在，不過誘惑也正因如此相當多，令人傷腦筋。每當找到了什麼不同的事物並為之入迷時，自己的可能性便會不斷增加。

途中，小熊等人在鳥取的境港一間未提供餐點的民宿住了一晚。晚餐則是吃了飯盒煮的白飯，配上半路買的現燙頭矮蟹。剛開始椎覺得蟹膏很噁心，可是看到禮子津津有味地吃著灑了蟹膏的蟹腳，便學她吃吃看。結果這似乎相當對椎的胃口，只見她吃得清潔溜溜。

隔日再騎了整整一天之後，終於看到本州的盡頭了。椎指著也能推著輕機在人行道走的關門隧道，感嘆不已地說道：

「Cub可以到日本每一個角落呢。」

小熊搖了搖頭。禮子的Hunter Cub和小熊的Super Cub都是第二種輕機，因此用不著利用人行道，也能騎在車道上。況且，椎這句話有另一個錯誤。

「不光只有日本。」

在小熊的視線前方，可以看見每天往返於下關跟韓國釜山的渡輪入港。

來到九州後，在博多的網咖過夜的三人，看著櫻花的開花預測資訊來討論目的地。

雖然宮崎和熊本等地據說已經開花了，但機會難得，她們決定要到輕機可以行駛的日本南端去。專心致志地騎到鹿兒島的兩輛Cub，在佐多岬受到盛開的櫻花迎接。

在公園裡，小熊攤開了野餐墊，椎把漁港買來的蝦醬夾在黑麵包裡做成三明治，加上禮子向椎請教之後，泡得稍微好喝了點的咖啡——三人享受著這樣的賞花午餐。椎對飄落的櫻花舉起了手，而後把黏在手掌上的粉色花瓣亮給小熊跟禮子看，說：

「把這個帶回我們的鎮上去吧。」

小熊制止企圖折下櫻花樹枝的禮子，同時也抓起了一片花瓣。她總算親手碰觸到引頸企盼的春天了。小熊和春季握了個手。

而她們也非得回去不可了。

這個粉紅色的碎片冰冷地刺痛著掌心，告知小熊這趟尋春之旅已經落幕了。

# 43 彼時今日

之後，小熊、禮子、椎三人跑到宮崎喜凱亞和熊本草千里等地，在九州各處享受著櫻花風情並踏上歸途。當她們到世界級潛水員賈克·馬攸與海豚相遇，並學會自由潛水的唐津時，禮子表示天氣很溫暖，想來一場海水浴，結果被小熊揪著領子拖回陸地了。

經由中山道沿日本海騎乘，並在九州折返的她們，為了在回程體驗一下其他不同的道路，便選擇沿著瀨戶內海騎到太平洋去。

抵達伊勢灣之際，聽禮子說馬攸便是在此處舉行的世界大賽達成一百公尺潛水的壯舉，於是也想跳進海裡去，卻被淚眼汪汪的椎給阻止了。

櫻花已經在各地綻放開來了。路上所看到的那些機車騎士，看似很高興從忍耐至今的寒冬受到解放，也像是在惋惜離去的冬天。

儘管有許多輕機無法騎乘的外環道路，在幹道整備周全的太平洋沿岸騎車，移動距離前進得很快，旅程的結束相對地也會來得更早。當來到靜岡半途，她們見到交叉的國道路線標示寫著甲府和韮崎等熟悉的地名時，並排等紅綠燈的禮子對小熊說：

「我們去看看富士山吧。」

小熊和椎都贊成她的提議。既然是禮子開口的，那就不會只是遠觀而已吧。搞不好會就這麼開始爬起富士山也說不定。

在國道一號線幾乎橫貫過靜岡後來到御殿場，小熊為了暫時休息一下而指著一間大型的家庭餐廳。對此，禮子頷首同意。於是兩輛Cub離開國道，把車子停在家庭餐廳的停車場中。

確認到遼闊的停車場位在店內座位看得見的位置，遇到車子或行李失竊的風險很低之後，小熊便下車前往餐廳。椎剛開始在長途騎乘後雙腳總是會站不穩，如今在幫禮子的車上鋼絲鎖。

進入店家點餐的小熊看向窗外。白天人來人往的停車場裡，有一輛看起來不怎麼穩的Cub騎進來了。小熊的目光，注視著Cub那並不特別稀奇的後輪。只見輪胎扁掉，是爆胎了。

從車上下來的，是個體格和小熊相差無幾的矮小少年。他在高中運動服上頭穿著動畫角色的棒球外套。脫下安全帽的他，碰觸扁掉的後輪，露出一臉難色。

小熊敷衍地陪禮子和椎閒聊，同時有意無意地看著那名少年。反正對話內容都是禮子在炫耀騎Cub爬過富士山，這她已經聽過很多次了。

少年拍打雙頰來鼓起幹勁，而後從安裝於藍色Cub後方的摺疊貨櫃箱中取出工具，開始著手拆卸車子的後輪。

少年的本事，就小熊來看也相當糟糕。他在拆Cub所用的螺絲之中鎖得最緊的後輪螺帽時，花了非常大一番工夫，還以掌心拍打著扳手。如果是小熊的話，她會用腳踹扳手，幾分鐘就拆下後輪了。

少年在其後的各項工程也是磨磨蹭蹭的。只見他弄髒著自己的雙手和上衣，從後輪把輪胎卸下，正在換著內胎。

禮子似乎聊到一個段落，從位子上站起來。椎也難以忍受咖啡沾染到家庭餐廳那種業務用咖啡機的味道，表示想離開店裡騎車上路。小熊看向手錶發現時間正好，於是決定結束休息時間。

付完帳走出店裡的三人，前往自己的車所在的停車場。少年完全沒有望向經過面前的三名女生，一臉惶惶不安地看著自己修好爆胎的Cub。

小熊側眼覷向他的車。那是一輛送報用的Press Cub。它搭載了塗裝成黑色的電子控制式引擎，感覺不像是買來就這樣。

後方的摺疊貨櫃箱和側蓋部分，貼有疑似自製的動畫配音員廣播節目貼紙，儀表板上方裝有手機架，而護腿板後方則有著接在隨身聽上的揚聲器。小熊只覺得這輛車的外觀十分醜陋，不過感覺至少不像是請爸爸買來的車，而是少年自己的。

小熊打開自己車子後方的鐵箱，伸手從裡面的行李中拿出一小包東西，而後靠近少年的Cub。他好像很在意自己動手修理爆胎的車，是否有漏氣的情形。他正在幹道旁的餐廳停車場這個充斥著噪音的環境，把耳朵貼在輪胎上。

「要確認有沒有漏風的時候，就要在氣孔嘴和破洞上頭刷肥皂水。」

說完這些話，小熊便和少年的機車擦身而過，並將商務飯店的肥皂丟進它的前置車籃裡。由於尺寸相當理想，小熊拜託了客房服務人員多給她幾塊。洗手自不用說，騎車漏機油時，也能拿來修理應急。當然，還有修完爆胎之後的檢查。

少年抬起頭望著小熊的背影，一副試圖回想起什麼似的思索了好一陣子。最後他看向自己的車子後站起身，為了遵照小熊吩咐的利用肥皂水檢查漏氣，而走向停車場角落的水龍頭。

# 44 冬天的Super Cub

小熊、禮子和椎在富士山周遭到處繞路後，返回了北杜。

出發那天鎮上還是冬季的景色，如今已改頭換面。不但櫻花綻放、陽光灑落，還有花草的嫩芽為山野染上一片新綠的色彩。

春天終於來臨了。不，是把它給帶回來了。

比起殷殷期盼的春令，椎反倒是望向讓自己四周的世界化為春季的Super Cub。接觸到機車魔法的椎那聲重重的心跳，感覺好像也傳到小熊這邊來了。

過了幾天之後，椎打了通電話到小熊的手機，希望她立刻來一趟。

褪下禦寒連身服，騎著比冬季時還輕快的Cub到椎家的店裡後，小熊發現店門口停放著一輛水藍色的Cub。

那是輪徑比Super Cub小了一圈的Little Cub。即使是Super Cub的製造據點轉移到海外，而且換成塑膠製的新型車體以後，它仍然維持著如同槍枝般以壓鑄鐵板製成的舊型車體，並在國內的熊本工廠生產。這輛Cub，和小熊她們的車擁有相同的車體。

有著小徑輪胎，變更了轉向把手及護腿板形狀，改良得讓女性也容易騎乘的Little

Cub，和主打業務需求因此塗裝顏色有限的Super Cub不同，推出了琳瑯滿目的配色。

「那個……我原本想和妳們討論一下，可是一看到車行裡有這輛，我忍不住就買了下來。」

先來的禮子用臉頰磨蹭著椎，同時說道：

「竟然買新車，妳很有錢嘛～」

椎轉頭望向自己身後，從店裡看著這邊的雙親，回答：

「因為店家說這輛是物超所值的便宜新古車，我在不斷殺價後決定自己出一半，剩下的錢以畢業後一定會歸還為條件，先跟爸爸借了。」

椎遇見了騎乘Cub的小熊與禮子，而後為Cub所救，並和它一塊兒旅行，因此下定決心買一輛自己的Cub。並非一時興起才買下來。

為了實現長久以來的夢想，椎不斷尋找著自己最需要的東西。這樣的她，想要一個能讓自己尚一無是處且哪兒都去不了的嬌小身軀，變得比任何人都強壯魁梧的事物。而她發現，自己有必要變成一個可以駕馭它的人。

即使得為此讓仍是高中生的自己負債累累，現在的椎也絲毫不畏懼。

椎是否知情呢？去年春天，那輛追過小熊淑女車的小徑公路車，便是令她起心動念購買輕機的緣由。小熊花了一點時間，才回想起那位車主便是椎的事情。如同椎嚮往著能騎Cub走遍天涯海角的小熊，一直望著自己的目的地筆直奔去的椎，同樣也是小熊的崇拜對象。

為了實現成為咖啡師的心願而東奔西走，掉進冬天冰冷的河川時，椎差點連內心都被寒冬給凍結住，可是她的夢想並沒有柔弱到會因為這點小事就放棄。

如果是會摔落的道路，那就做好避免摔下去的準備再次面對。不惜劈開冷冽刺骨的冬天，也要持續前進。獲得了Cub之後，椎的挑戰將再度開始。

小熊指著對椎的身材而言顯得很大一台的Little Cub說：

「春天騎車會讓人身心舒暢，因此路上的機車會變多。得當心一點才行。」

身為比起椎略懂Cub一二的人，禮子不可一世地嘮叨著。

「還有，夏天騎車會很涼是騙人的。事實上熱到一個不留神就會昏倒的程度喔。」

大概是受到禮子影響，小熊也從經驗法則之中補充了注意事項。是關於機車騎士的缺點。

「秋冬很快地就會來臨。而冬天會很冷。」

椎半信半疑地聽著她們倆述說著，同時愛惜不已地撫摸著水藍色的Cub。她似乎是在向只屬於自己的Cub詢問答案，而非囉哩囉嗦的前輩。

儘管它並非萬能的魔法機械，可是當人們要挺身面對各種困難，試圖完成些什麼的時候，Cub必定會成為自己的夥伴。不僅是唯唯諾諾地遵從單憑一己之力所無法抗衡的事物，當意欲全力掙扎並抵抗之時，它會把苦行變為樂趣。

冬天的Super Cub，既艱辛嚴苛又有趣。

# 後記

衷心感謝各位讀者購買這部作品。

這集我是以讓許多機車騎士又愛又恨的冬季作為題材。

我開始騎車後第一次迎接的冬天，在缺乏配備及經驗的情況下，每次出門上路都會冷到發抖，到最後受不了還會下來推車。

之後度過好幾個冬天，我最終得到了「夏天騎車比較理想」的結論。十幾二十歲那陣子，每當夏天結束後，我都會依依不捨地等待下一個夏季來臨。

為我騎機車的期間這份未曾改變的感覺帶來了變化的，我認為應該是跟Cub的邂逅吧。

住在東京都內，開車外出得受到許多制約。在首都圈之外，不方便以電車或巴士移動，還有不適合騎腳踏車的丘陵地帶。在這種無論天氣冷熱都必須騎機車生活的環境之中，我親身體會到了Cub優秀的禦寒性能。

獨特的護腿板，能保護騎士不受騎乘時的風侵襲。不僅是天氣寒冷的時候，擋風鏡這個原廠配件，在下雨天也能發揮效果。其他還有標準配備的化油器加熱裝置，以及路面凍結造成打滑時，大小做得能憑一己之力操控的車體等等，我被許許多多的特性給拯救過。

別的機車會煩惱於寒冷或車況不佳的道路，騎乘Cub跑根本完全不當一回事——這樣的經驗我不只有過一兩次而已。

關於身上的衣物，在考量著禦寒效果、摔車時的安全、價錢及帥氣程度等條件而反覆摸索之下所挑選的裝備，也讓我順利活著回來了。

像這樣不斷苦戰後，我發現了幾個唯有冬天騎機車才享受得到的樂趣。

像是空氣比夏天清新，能夠遙望到遠方的冬季美景、騎車受凍之後喝的熱咖啡，以及測試新的禦寒配備時，感覺好像在玩玩具。

冬天的機車很有意思。

只要我還在繼續騎車，這點就不會變。

最後，本作品製作實體書時給予非常多照顧的幾位人士：Sneaker文庫編輯部的W、對登場角色和工具細節相當講究的負責繪製插圖的博老師，以及欣然允諾本書利用商標等智慧財產的本田技研工業高山先生，我要借用此處向各位致上由衷的謝意。

以上便是盛夏的正午期間，我坐在停放於路旁的Cub上所寫的後記。

トネ・コーケン

國家圖書館出版品預行編目資料

本田小狼與我 / トネ・コーケン作 ; uncle wei譯. --
初版. -- 臺北市 : 臺灣角川, 2019.03-
冊 ; 公分
譯自 : スーパーカブ
ISBN 978-957-564-814-5(第1冊 : 平裝). --
ISBN 978-957-743-445-6(第2冊 : 平裝)

861.57 108000475

Kadokawa Fantastic Novels

# 本田小狼與我 2

（原著名：スーパーカブ 2）

２０１９年12月23日　初版第１刷發行
２０２１年６月30日　初版第２刷發行

作　者：トネ・コーケン
插　畫：博
譯　者：uncle wei

發行人：岩崎剛人
總編輯：蔡佩芬
美術設計：莊捷寧
印　務：李明修（主任）、張加恩（主任）、張凱棋

發行所：台灣角川股份有限公司
地　址：１０５台北市光復北路11巷44號５樓
電　話：（02）2747-2433
傳　真：（02）2747-2558
網　址：http://www.kadokawa.com.tw
劃撥帳戶：台灣角川股份有限公司
劃撥帳號：19487412
法律顧問：有澤法律事務所
製　版：巨茂科技印刷有限公司
ＩＳＢＮ：978-957-743-445-6